三河雑兵心得

旗指足軽仁義

井原忠政

双葉文庫

目次

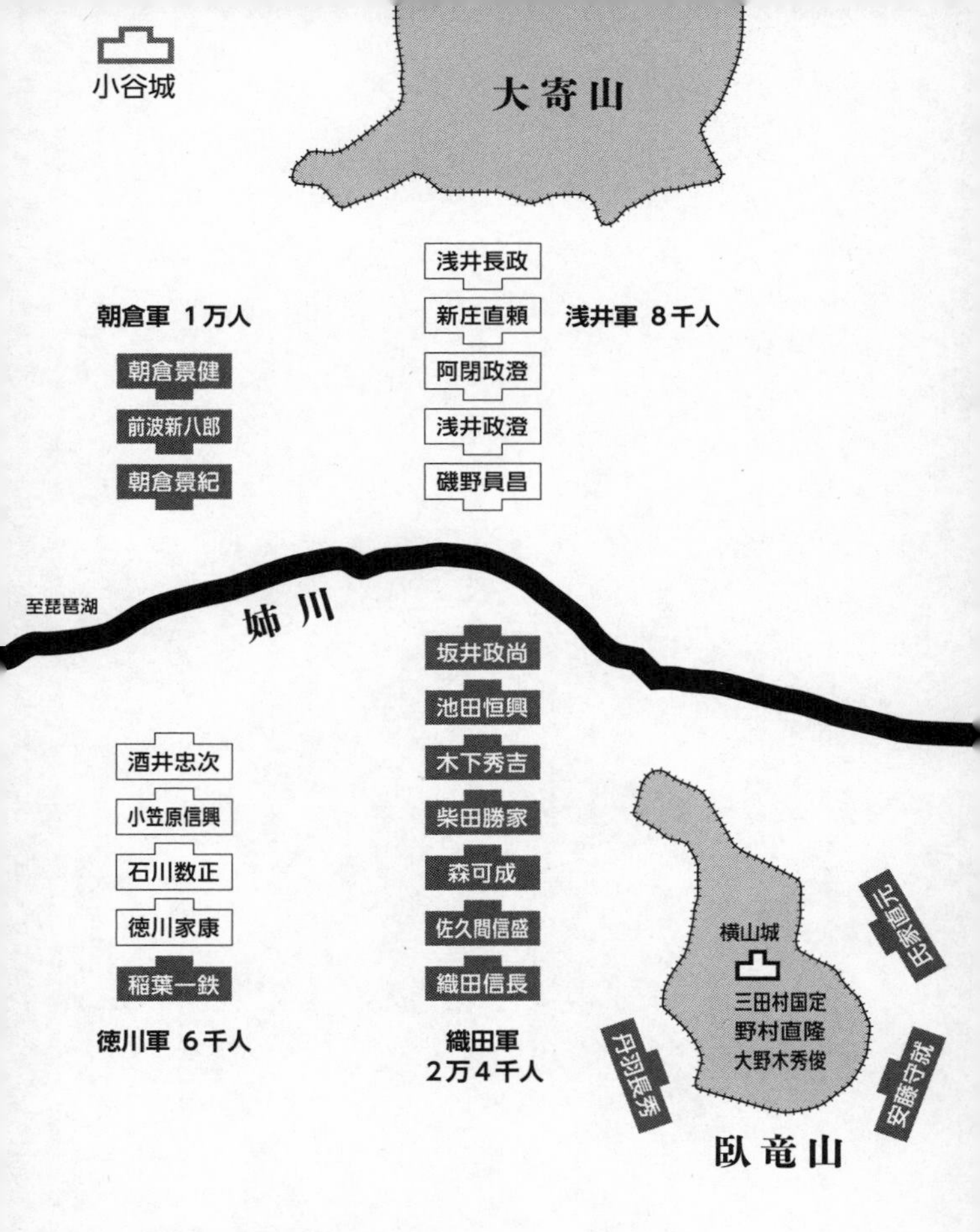

小谷城
大寄山
朝倉軍 1万人
朝倉景健
前波新八郎
朝倉景紀
浅井長政
新庄直頼
阿閉政澄
浅井政澄
磯野員昌
浅井軍 8千人
至琵琶湖
姉川
酒井忠次
小笠原信興
石川数正
徳川家康
稲葉一鉄
徳川軍 6千人
坂井政尚
池田恒興
木下秀吉
柴田勝家
森可成
佐久間信盛
織田信長
織田軍
2万4千人
横山城
三田村国定
野村直隆
大野木秀俊
氏家直元
丹羽長秀
安藤守就
臥竜山

姉川戦合戦図

三河雑兵心得　旗指足軽仁義

序章　遠州曳馬《ひくま》城攻め

ほんの小城であった。

差し渡しが一町（約百九メートル）足らず。環濠《からぼり》と土塁《どるい》を巡らし、逆茂木《さかもぎ》や乱杭《らんくい》で防御しただけの簡素な平城である。

徳川家康《とくがわいえやす》麾下《きか》の三河《みかわ》勢が、ここ遠江《とおとうみ》曳馬城を十重二十重《とえはたえ》に囲んだのは昨日のことだ。籠《こも》る飯尾《いのお》方の城兵は、わずかに三百。攻める徳川方は三千を超す大軍である。昨日一日、和睦開城《わぼくかいじょう》を求めて交渉が続けられたが、それも決裂した。

永禄《えいろく》十一年（一五六八）十二月十八日。徳川方は払暁《ふつぎょう》とともに火のように攻め立てたのだが、なかなか城は落ちない。すでに陽は中天高くにまで上っている。

ダダンッ。

徳川方本陣の二町（約二百十八メートル）先で、敵大手門の矢倉上から数丁の鉄砲が斉射《せいしゃ》された。

兜武者《かぶとむしゃ》が二人、ドウと仰向けに倒れ、それを遠望した三河衆の間からは、怒りや悲嘆の声が上がった。

「左衛門尉《さえもんじょう》様、なにしとるんら」

先鋒隊の苦戦に苛立った本多平八郎《ほんだへいはちろう》が、青毛馬《くろうま》の鞍上《あんじょう》から本陣内に響き渡る大声を張り上げた。漆黒の当世具足《とうせいぐそく》に鹿角の脇立《わきだて》、金色《こんじき》の大数珠《おおじゅず》を肩から下げる荒武者だ。ちなみに、左衛門尉とは、徳川家の筆頭家老酒井忠次《さかいただつぐ》が僭称《せんしょう》する官位である。

「あんな小城、ちゃっちゃと落とさんかい！」

平八郎は一応、独り言を装ってはいるが、実は、主人の徳川家康に聞こえるように怒鳴っている。物堅いが、慎重に過ぎる酒井忠次などに先鋒を任せるから、こんな小城に手こずる。

「早く俺を出してくれ。疾《と》く出せ！」

と、訴えているのだ。

子飼いの若武者からせっつかれた家康は、白銀《しろがね》の頭形《ずなり》兜の下から平八郎を睨みつけ、実に嫌そうな顔をした。

（お頭《かしら》、もうちっと気遣ってやらな、殿様が可哀そうだがね）

平八郎の傍らで聞いていた足軽の植田茂兵衛《うえだもへえ》は、心中でこの愛すべき上役を諫《いさ》めた。「早く俺を出せ」――との、平八郎の率直かつ自意識過剰な不平不満より、むしろ総大将である家康の微妙で複雑な苦悩の方が、茂兵衛には理解も共感もしやすかったのだ。

五年前、ちょうど茂兵衛が三河一向一揆で野場《のば》城に籠っていたころ、松平元康《まつだいらもとやす》は松平家康へと名を変えた。二年前には三河を統一し、松平から徳川へと姓まで変えた。その間に領土は増え、正式な官位も賜り、上り調子な戦国大名である。

ただ、彼に英雄的な爽快感はほとんど感じられない。常に内憂外患《ないゆうがいかん》――気苦労ばかりが多く、いつも爪を嚙《か》んではうつむき、独り考え込んでいる。

そもそも酒井麾下の東三河衆に先陣を切らせるよりも、平八郎や榊原康政《さかきばらやすまさ》が率いる直属部隊――旗本先手役を突っ込ませた方が、城は確実に早く落ちる。そんなことは家康は百も承知である。機動打撃部隊として三河各地から精鋭を集め、旗本先手役を組織したのは、家康自身なのだから。あえて酒井隊を先鋒に起用したのにはそれなりの理由《わけ》があってのことなのだ。

「こりゃ、茂兵衛！」

物思いに浸っていた茂兵衛は、馬上から平八郎に怒鳴りつけられ我に返った。

「へ、へい」

「ぼうッと致すな！」

「へい、お頭」

平八郎は先手役の旗頭として、五十余騎の騎馬武者と二十名ほどの槍足軽を麾下に抱えていた。そのうち、平八郎の郎党はほんのわずかで、多くは主人家康から預かった寄騎《よりき》同心衆である。茂兵衛もまたその中の一人だ。身分上、茂兵衛らは足軽ながらも家康の直臣《じきしん》であり、平八郎の家来ではないから、平八郎のことは殿や旦那様ではなく「お頭」と呼んでいた。

「おまん、今日に限って、鍾馗《しょうき》は誰ぞにゆずれ。槍を持って存分に働け」

「へい。でも、誰に持たせますんで？」

「ふん、ほんなもん誰でもええが」

（お頭……そうもいきますまいよ）

と、心中で途方に暮れた。

鍾馗とは平八郎の旗印だ。旗本先手役に配属されて以来、ずっと茂兵衛は頭である平八郎の旗指《はたさし》足軽を務めてきた。

四半（縦三、横二の比）の大旗に中国の武神鍾馗の絵をでかでかと豪胆な筆致で描いてある。長大な幟《のぼり》だから、風にあおられると茂兵衛の膂力《りょりょく》をもってしても支えるのが困難となった。で、それ以上に、高名な本多平八郎を倒さんと、敵の強者《つわもの》が群がってくる。矢弾も集中する。となれば、旗指足軽は体力頑健で命知らずの漢《おとこ》の中の漢にしか務まらない。危険な役目であればあるほど、その反作用として名誉が与えられる。豪傑本多平八郎の旗指足軽、植田茂兵衛は三河衆の中で、多少の知名度を誇っていた。

「なんならその辺に放っとけ。あんな糞小城一つ、ワシらが突っ込めば半刻（約一時間）で抜けるわ。今日はどうしても、そこのところを我が殿に認めてもらわにゃならん。ワシの旗印なんぞ、どうでもええら」

「へい」

と、返事はしたが、まさか上役の旗印を打ち捨てていくわけにもいかない。茂兵衛は振り返り、同僚足軽の木戸辰蔵《きどたつぞう》と実弟の植田丑松《うしまつ》に鍾馗を託した。

幟と交換に、弟から親父の形見である笹穂《ささほ》の槍を受け取った。この槍は、親父が落武者を殺して奪ったものである。親父が死んで茂兵衛のものとなり、二度も他人に奪われたが茂兵衛のもとに戻って来た。出たり入ったり——茂兵衛にとっては、まるで、腐れ縁の女のような存在だ。

（これよ。これだがね）

やはり幟より、槍の方がいい。太く重たい樫《かし》の柄が、手によく馴染んだ。

「茂兵衛、今日こそ武勲を挙げろ。ええ機会だら。早う出世して、俺のことも引き立ててくれや」

辰蔵が顔を寄せ、囁《ささや》いた。

日ごろから、辰蔵は茂兵衛の出世の遅さに不満をもらしていた。なまじ平八郎が茂兵衛を気に入り、旗指足軽を命じ続けるものだから、どうしても槍を手に暴《あば》れる機会は少なくなっていた。結果、家康の直臣となって四年、茂兵衛はまだ徒士《かち》にさえなれずにいる。足軽のままだ。それが今回、平八郎からじきじきに「槍を手に存分に働け」との許しを得たのだ。誰憚《はばか》ることなく戦場を駆け回り、兜首を狙うことができる。

「糞～ッ、やろまいか～」

と、辰蔵が野太く吼《ほ》えた。茂兵衛本人以上に、相棒の目が野心に燃えていた。

未《ひつじ》の上刻（午後一時ごろ）、焦《じ》れた家康は、遂に旗本先手役の本多隊に曳馬城大手門への突貫を命じた。

「死ねや者共。狂えや者共。それ、突撃《かか》れ」

平八郎の采配が閃《ひらめ》くと、本多隊の七十名は密集隊形をとり、黒い塊《かたまり》となって大手門に殺到した。騎馬武者であっても攻城戦では馬を下りる。徒武者《かちむしゃ》とならねば環濠を渡り、土塁や柵をよじ上ることはできないからだ。

新手の出現に、城門の矢倉から弓と鉄砲が本多隊に雨あられと放たれた。茂兵衛の顔のすぐ横を、銃弾が殺気立った唸り声をあげてかすめ飛んだ。

（あ、危ねェ）

と、胆を冷やしたその次の瞬間だった。

ガンッ。

頭に物凄い衝撃を受けた茂兵衛は、地面に叩きつけられた。首の骨が悲鳴をあげ、頭が酷く痛んだ。

顔を伏せていたので、銃弾が鉄笠に命中したのだ。

「兄《あに》ィ、無事か！」

後から来た丑松と辰蔵に、両腕を抱えて引き起こされた。

「ああッ、ここ、鉄笠が凹《へこ》んどるがね」

辰蔵が大声を上げた。

足軽用の鉄笠に銃弾を防ぐほどの強度はない。が、偶然に角度がよくて弾が撥ね、貫通しなかったようだ。茂兵衛は、間一髪で命拾いをした。

「これで厄落としだら、今日はきっとええことがあるがや」

と、辰蔵が笑って茂兵衛の背中を叩くと、また頭がズキンと痛んだ。


大手門を攻めあぐねていた先鋒の酒井隊だが、本多隊の来援に勇気づけられ、また城門への体当たりを再開した。切り出した大木を皆で抱え、丸太ごと門扉《もんぴ》に突っ込み、閂《かんぬき》を破壊しようというのだ。勿論、矢倉から銃弾が飛んできて、一人また一人と打ち倒されていくのだが、まだまだ三河衆の戦意は旺盛だ。一人が倒れると、誰かが代わりに丸太を持ち、心を一つにして突っ込んで行く。

丸太がぶつかる度に門扉が軋《きし》み、やがて、大きく動くようになってきた。中の閂が折れたか、閂を支える金具が壊れたのだ。

ガコン。

さらに大きな音がして、一瞬、門扉が開きかけた。歓声をあげ、一斉に徳川勢が押す。中から飯尾勢が押し返す。力比べだ。いつの間にか平八郎が酒井隊の先頭に立ち、指揮を執っている。

「それ押せ、やれ押せ。この扉の向こう側には、おまんらの功名が、手柄が、銭と女が待っとるがや。死ぬ気で押さんかい！」

そう平八郎が怒鳴ると、にわかに徳川勢の圧力が増した。どんどん押し込み、門扉に一尺半（約四十五センチ）ほどの隙間ができる。

「一番乗りだら！」

と、叫んだ兜武者が一騎、隙間に体をねじ込んだ刹那、城内から数丁の鉄砲が放たれた。門扉から弾き飛ばされた兜武者は、仰向けに大の字に伸び、目を見開いたまま絶命した。

しかし、勢いは止められない。

兜武者の骸《むくろ》を乗り越えて二番手、三番手と徳川勢は続いた。門扉の隙間も五尺（約百五十センチ）から一間半（約二・七メートル）へと広がり、遂には奔流となった徳川勢が、城内へと雪崩《なだ》れ込んでいった。

第一章　掛川城《かけがわ》を抜く

一

怒号に近い声、雄叫び、罵声を張り上げながら、攻城方は城内へ侵入した。

茂兵衛らも、後に続く。

（あ、鍾馗の旗印はどうなった？）

ふと気になって辰蔵を振り返った茂兵衛の頬が、思わず緩んだ。

辰蔵は、折り畳んだ平八郎の旗印を肩から襷《たすき》のようにかけていたのだ。

これなら失《な》くす心配はない。戦闘の妨げにもならない。

武辺としては二流、三流の辰蔵だが、こういう気働きができるし、利に敏《さと》い男の割には、義理堅い部分がなくもない。総じて、頼りがいのある相棒なのである。思わず嬉しくなって声をかけた。

「そりゃええわ、次からは俺も……ん？」

右手より殺気が来る。死が突っ込んできた。

大手門が破られたと気づいた城兵が、それぞれの持ち場を離れ、侵入した茂兵衛たちに突きかかってきたのだ。
四、五人の敵足軽が密集し、なにやら喚きながら、槍の穂先をそろえて突っ込んでくる。所謂《いわゆる》、槍衾《やりふすま》だ。槍衾は戦国最強だ。鉄砲隊の斉射か大筒以外にこれを防ぐ手立てはない。ここは逃げるに如《し》かず。
「転がれ！」

と、叫んで辰蔵を突き飛ばした。茂兵衛自身も身を屈めて転がり、からくも槍先をかわした。逃げ遅れた同僚足軽が二人、槍衾の餌食となった。

必死で二間半（約四・五メートル）も転がってから、身を起こした。

（あ、鉄笠と槍がない）

慌てて腰の打刀《うちがたな》を抜こうとしたとき、叫び声がして、一人の大柄な敵足軽がのし掛かってきた。こやつも素手だ。刀を抜く前に抱きつかれ、互いの甲冑《かっちゅう》を摑んで揉み合いとなった。拳で側頭部を幾度も殴られ、眩暈《めまい》がしたのだが、茂兵衛の負けん気の方がわずかに勝った。スッと身を寄せると、相手の股間を草摺《くさずり》の下から、膝で思い切り蹴り上げたのだ。うッと呻《うめ》いて膝をついた敵から半歩下がり、神速で抜刀し、上段から一気に振り下ろした。

「うがッ」

岡崎城の武器蔵で拾った錆刀《さびがたな》だが、ガツッと鈍い音がして、敵の顔が半分——鼻の辺りまで斬り下げられた。血や髄液など、正体不明の液体が流れ出し、溢れ出し、大柄な足軽は口を大きく開けたまま絶命した。

十倍もの三河衆を相手に、曳馬の城兵はよく戦った。

実は城主の飯尾連龍《つらたつ》は二年前、駿府《すんぷ》で主の今川氏真《いまがわうじざね》により謀殺されている。今は未亡人の田鶴姫《たづるひめ》が事実上の主となり、この城を取り仕切っていた。この女性がよほどの器量人だったのだろう。飯尾衆は女城主を守り立て、心を一つにし、英雄的に戦っていた。

勿論、孤軍奮闘ということではない。

背後には武田《たけだ》がいる。田鶴姫にとって、夫を殺した今川は敵なので、残された選択肢は二つに一つ。徳川か武田かということになる。で、田鶴姫は信玄《しんげん》に賭けたのだ。

一旦城門が破られると、曳馬城内は殺戮《さつりく》の巷《ちまた》と化した。

中でも悲惨だったのは件《くだん》の田鶴姫の最期であろう。

信玄の来援を信じ、徳川方から持ち掛けられた寛容な和睦協議も拒絶してしまったのだ。籠城側が和睦を蹴り、その上で落城すれば、男も女も皆殺しとなるのは戦国の倣いである。

城の本丸まで駆け上がった茂兵衛は、緋縅《ひおどし》の鎧《よろい》に身を固めた美しい田鶴姫と十七名の侍女団の最期を目撃することになった。

すでに百人近い徳川勢に田鶴姫主従は取り囲まれていた。相手は女である。徳川方も始末に困り戸惑っている様子であったが、その気配を悟ると、田鶴姫は烈火のごとくに怒り「女と侮《あなど》るか」と数歩踏み出して薙刀《なぎなた》を一閃、ボウッと立っていた足軽の首をはねたのだ。首は鉄笠を被ったままゴトッと地面に落ちた。後方より眺めていた茂兵衛からも、頭の失くなった足軽の首から血しぶきが二尺（約六十センチ）近くも噴き上がるのがハッキリと見てとれた。

「女、やりおったな！」

それを機に襲い掛かった武者たちの槍に、主従十八名の女たちはつぎつぎに突き殺されていったのだ。

「ま、女を殺しても、くたびれ儲けだら。後から笑われるだけで、手柄にはならんがや」

と、背後で辰蔵が不快げに呟き、茂兵衛の背中を押した。早く次の得物を探せとせっついているのだ。

見れば丑松もいる。丑松には「激戦となったら、どこぞに隠れとれ」といつも言い聞かせてある。体軀も貧弱、知恵も回らない弟は本来、戦場にいるべき男ではないのだ。

「丑、ついてこい。俺から離れるな」

三人は本丸を出て、今度は静まっている南の曲輪《くるわ》に行ってみることにした。存外、名のある兜首が隠れているかも知れない。

南の曲輪は広場となっていた。低木がまばらに生《は》えている。城兵の姿も味方の姿も見えず、閑散としていた。中ほどに幾つか蔵か食糧庫のような建物があり、三人はその一つ一つの扉を開け、内部や床の下、天井裏などを一軒ずつ丁寧に検《あらた》めていった。

最後に、板葺《ぶ》きの小屋を検めた。そっと扉に手をかけたとき、内部でゴトリと低い音がした。

（お、おる）

目と目で合図を交わし、丑松と辰蔵が左右に分かれて槍先を入口に向けて構えた。二人が配置についたことを確認した後、茂兵衛はゆっくりと扉を開けた。

瞬間、中から人が飛び出してくる。茂兵衛は槍を手にしたまま一間（約一・八メートル）ほど跳んで、危険を避けた。

「うっ、おまんは？」

見れば、またしても女武者ではないか。やはり緋縅の鎧をつけ、薙刀で武装している。油断すると先ほどの足軽と同じ目に遭わされかねない。女武者と三人の槍足軽は、双方得物を構えて対峙した。

「三河衆か？」

「ほうだら」

「尋常に勝負！」

と、女は薙刀を振り上げた。まだ若い女だ。兜は被らず、黒髪を背中で束ね、鉢巻きをしている。二の次のことながら——美しいと思った。

「な、アンタ。俺は女子《おなご》を殺すのも、女子に殺されるのもいやだら。後生だから逃げるなり、自害するなりしてくれんかな」

「黙れ足軽！　死出の道連れにしてくれるわ！」

　と、踏み込んで薙刀を一閃させた。

　ブンと不気味で殺気立った音がして、茂兵衛たちは数歩後ずさった。

「道連れとはなんら！　し、死にたきゃ、一人で死ねばええがね」

　と、辰蔵が怒鳴り散らすのを横目に、茂兵衛は状況を見定めていた。

　槍や大太刀、鉄棒は戦場でよく見かけるが、薙刀を相手にすることは希《まれ》である。少なくとも茂兵衛自身は記憶にない。長さは目測で八尺（約二百四十センチ）ほどか——茂兵衛の持槍は一間半（二百七十センチ）あるから間合い的には槍が有利だ。ただ、あの長さで振り回すから相当な威力となる。下手に受けると、槍の柄を両断されかねない。そこだけが要注意だ。

　さらには女の力量だ。薙刀の訓練は積んでいるものの、さほどの腕とは見えない。先ほどの一閃を見るに、非力さは隠すべくもなく、薙刀の重さに振りまわされている印象だ。危険なのは初手の一閃のみで、それさえかわせば後は雑作もなかろう。

今の茂兵衛は野場城に籠っていたころの新米足軽とは違う。槍の修業もさることながら、実戦の場数を踏んできたのだ。この若い女と、槍と薙刀でやりあったとして、不覚をとる心配はまずないと確信した。

「信玄公への忠誠を示すため、憎《にっく》き三河勢を一人でも多く道連れにする」

「信玄公だと？　このドたァけが！」

と、辰蔵が冷笑した。

「おまんら、その信玄に見捨てられたんだら。俺らの主と信玄は、遠江は徳川、駿河《するが》は武田が領有するとの誓約を先々月に交わしたばかりだら」

「で、出鱈目《でたらめ》を申すな！」

辰蔵の言葉に、女の声が上ずった。

「ふん、嘘なもんかい。三河衆なら誰でもつかまえて聞いてみりん」

女の目が、絶望に一瞬泳いだのを茂兵衛は見逃さなかった。

電光石火の速さで槍を旋回させた。我に返った女武者が薙《な》いできた切っ先を上から叩き、そのまま石突で女の下腹——胴から草摺を吊るすゆるぎ糸の辺りを強《したた》かに突いたのだ。うっ、と一声呻いて女は前のめりにうずくまり、動かなくなった。気を失ったようだ。

「ふう、殺さんですんだ。よし、引き上げるら」

と、茂兵衛が立ち去りかけると、丑松が後ろから袖を引いた。

「兄ィ、このままいくのか？」

「ほうだら。こんなたァけた女、相手にしとれんわ。気絶してるうちに逃げるのが一番だら。正気に戻ったら、また薙刀でおまんの首を獲りにくるぞ」

「でもよ、こんな若い女子が戦場で気絶してたら、妙な奴らに寄ってたかって手籠めにされるら。そりゃ、なんぼなんでも哀れだら」

「哀れって……どうする？」

「ま、担いで連れていったらどうだら」

と、辰蔵までが丑松に同調し始めた。

「でも、一応この女は敵方だからな。勝手に連れて帰って大丈夫か？」

「なんぞ言われたら、そうさな……この女ァ俺らの戦利品だら。『一晩楽しんだ後は、人買いに売ります』とでも言えば誰もなんも言わんら」

「……」

結局、茂兵衛は女を担いで曳馬城の大手門を出た。辰蔵の言葉通りで、ニヤニヤするだけで、文句をつける者など誰一人いなかった。これが戦国振りというものなのだ。

茂兵衛は数日の間、女を宿舎の足軽小屋に匿《かくま》うことにした。足軽小屋――三河衆が攻めてきたと聞いて逃げ出した百姓の空き家である。

女はなにも喋らず、飲み食いも一切拒絶した。

「ま、好きにすればええ。今は戦《いくさ》の直後で三河衆も気が立っとるが、三日もすれば落ちつくら。そうなりゃ、そう危ないこともないから、どこへでも行けばええ。後のことは知らんがや」

この女――随分と若いので、今後は娘と呼ぼうか――際立って目鼻立ちが整っており、茂兵衛をどぎまぎさせた。歳のころは十七、八だろうか。故郷の植田村に残してきた上の妹のタキと同じぐらいの年齢だ。タキも村では評判の美人だったが、妹はどちらかと言えば、肉感的で男好きのする容貌であった。対してこちらの娘は、顔の線が細くて硬質――悪く言えば冷たく、よく言えば知的で清楚な印象を受けた。

娘が身に着けていた当世具足は、辰蔵が小柄な騎馬武者を見つけ、薙刀ともども銀一貫文（約十万円）で売りつけてきた。

「茂兵衛よ。あの具足は確かにおまんの戦利品だら。代金全額を渡すのが筋だとは思うが、俺も買い手を探すのに大層苦労した。どうだら？　三・七で分けるというのは」

「ああ、ええよ」

と、気軽に答えてから一瞬迷った。

「あ、待て。七が俺の取り分だよな？」

「そ、そらそうだら……」

怪訝《けげん》そうに答えてから、俄《にわ》かに辰蔵の顔色が変わった。

「おまん、俺を何だと思っとる？」

「や、おまんのことは信じとるが……」

「信じとるが、俺が七割取るかも知れんとは心配なわけだら。そおゆう狡《こす》い、強欲な男だとは思っとるわけだら」

「ち、違う。そんな風には思っとりゃせん」

「ほんじゃ、なんで確かめた！」

「そ、それは……」

辰蔵には申し訳なかったのだが、茂兵衛は受け取った銭をすべて娘に渡すつもりでいた。主家を失った娘が今後一人で生きていくのだから、一文でも多い方がいい。永楽銭《えいらくせん》七百文（約七万円）と三百文（約三万円）では大違いと思い、訊かずもがなことを思わず確認してしまった次第だ。

「まったく情けねェわ。兜武者を倒して首も獲らん。それじゃ出世するわけがねェら。そんなボンクラの子分を機嫌よう務めとる俺様を、そこまで下衆《げす》と思うとったとは、ほんに情けねェ……神も仏もねェもんだら」

と、さめざめと泣き始めたのだ。

「た、辰蔵……や、辰兄ィ、俺の話を聞いてくれ」

「うるせェ！　独りにしてくれ！」

取りつく島がない。

（許せ、辰蔵）

と、心中で両手を合わせ、茂兵衛はその場からこそこそと退散した。

娘は黙って銭を見つめていたが、やがて足軽小屋にきて以来初めて、茂兵衛に口を開いた。

「私には必要のないお金です。茂兵衛殿がお取り下さい」

「や、故郷に帰るにせよ、どこぞの土地に行くにせよ、お足はかかるら。銭は邪魔にならんから、持って行きな」

と、永楽銭の束を娘の膝の前に押し戻した。

（ああ、この娘、死ぬ気だら）

そう思うと、やるせない気分になった。

娘には薙刀の心得があったし、立派な鎧も身に着けていた。おそらくは卑しからざる出自なのだ。城の重臣《おとな》の娘であったか、あるいは田鶴姫の侍女だったのかも知れない。主である飯尾連龍も、田鶴姫も死んだ今、この娘は恥を忍んでまで生き延びようとは考えていまい。元百姓の茂兵衛には分かり辛い心理だが、上級の武家は男も女も、そのように考えるものらしい。まだ若く、美しく、多分聡明で、今後春秋に富んでいるはずの人生を、ただただ忠義と意地のために自らの手で終わらせるのだ。

（とれェ話だら。そもそも、勿体《もったい》ねェら）

死にたくもないのに死んでいった多くの雑兵《ぞうひょう》たちの顔が脳裏に浮かんだ。

「俺は、百姓あがりの足軽だら。忠義だ大義だ言われても正直よう分からん」

茂兵衛は娘を前に、珍しく説教らしきものを始めた。

「ただ、忠義の道は一本ではないと思うのさ。色々あると思う。要は、己を空《むな》しゅうしても主家のために尽くす心だら。その点さえしっかりしておれば、そいつのことを世間は忠義者だと呼ぶら」

娘は黙って聞いている。

「俺のお頭は本多平八郎という豪傑だら。知っとるか、本多平八郎？」

娘はわずかに頷いた。幾分怯えている様子で、瞬きの回数が少し増えた。一昨日《おとつい》まで敵方だった娘だ。平八郎のことは獣のような残虐非道《ざんぎやくひどう》の鬼武者と聞いていたのだろう。ま、当たらずとも遠からじ、なのだが。

「お頭は、戦場に金色の大数珠をかけて立たれる。この大数珠には戦で倒した相手への供養の気持ちが込められておるそうな。アンタは、神仏を信じるかね？」

娘は深く頷いた。

今年は永禄十一年、応仁《おうにん》の乱が終わって九十年になる。戦乱の世が百年近く続いているのだ。女子供など弱い立場の者は信仰を持ち、神仏に頼るしか正気を保つ術《すべ》はないのかも知れない。

「ほうかい。そりゃ好都合だら。アンタな、主君に殉《じゅん》じて死ぬばかりが忠義の道ではないと思うぞ。恥を忍んでも生き永らえ、主人の菩提《ぼだい》を弔《とむら》うという忠義の道もあるがや」

娘は茂兵衛の言葉を黙って聞いていた。頷くことも、頭《かぶり》を振ることもなかった。そしてその夜、彼女は茂兵衛の足軽小屋から姿を消したのである。七百文を持って行ったところを見れば、しばらく死ぬ気はないようだ。

後には、茂兵衛宛に感謝の言葉を綴《つづ》った短い紙片だけが残された。

茂兵衛は消えた娘の面影に向かい「頑張るら」と声をかけた。

二

三河統一以来、家康の戦略目標は一にも二にも武田信玄であった。

三河国《みかわのくに》は四ヶ国と国境《くにざかい》を接している。西から時計回りに尾張《おわり》、美濃《みの》、信濃《しなの》、遠江だ。そのうち、西方の尾張織田家とは同盟を結んでいるから不安はない。北方の美濃は永禄十年（一五六七）信長の軍門に降《くだ》っている。さらに東方の遠江は、今川家の弱体化により国衆《くにしゅう》たちが乱立して統制がとれず、むしろ三河徳川家の草刈り場となっていた。となると、三河の脅威となりえるのは信玄の支配下にある信濃だけ、ということになる。

「信玄が南下して駿河を獲るまではええさ。問題はその後だら」

と、馬上から平八郎が茂兵衛に語りかけた。

本日の茂兵衛は、平八郎の物見に付き従っている。

徳川勢が駐屯する曳馬城の東を北から南へと流れるのが小天竜川《しょうてんりゅう》（現在の馬込川《まごめ》）だ。その水深や川幅、ひいては渡渉点《としょうてん》などをつぶさに調べるのが今回の偵察の任務だ。茂兵衛が馬の轡《くつわ》をとり、辰蔵が槍持ちとして平八郎の長大な愛槍「蜻蛉切《とんぼぎり》」を担いでいる。その後方には、丑松が自分の槍の他に茂兵衛と辰蔵の槍まで持たされ不満顔で続いていた。槍三筋で、およそ三貫（約十一キロ強）ほどにもなる。

その槍だが、戦国期の槍には大きく分けて二種類があった。

二間（約三・六メートル）を超し、三間半（約六・三メートル）に至る長柄槍《ながえやり》と二間より短い持槍《もちやり》の区別である。両者は長さだけではなく、特性や戦い方も大きく異なっていた。

まず長柄槍は長過ぎて、狙って突いたり、旋回させるには不便である。だからその図体を生かし、主に打撃――叩くことで敵を倒した。重さも二貫（約七・五キロ）近くあるから、その破壊力たるや相当で、直撃を受けると、兜の上からでも大きな衝撃があり、時に頸椎《けいつい》や脊椎《せきつい》を痛めた。さらに長柄槍の長所といえば、体力さえあればさほどの技術や鍛錬が不要だということ——なにせ叩くだけなのだから。昨日まで百姓や商人をやっていた男でも、足軽の具足と長柄槍さえ与えておけば、そこそこの戦力として使えた次第だ。

一方の持槍は、長さこそ長柄槍に劣るが、強く頑丈に作られており、穂先にも様々な工夫が施され、まさに槍遣いが選ぶ本来の槍である。茂兵衛が親父の形見として大事にしている笹穂槍もこの持槍である。

足軽にも、長柄槍を持たされ集団戦でのみ機能する素人《しろうと》足軽と、茂兵衛のように持槍を自在に扱う玄人《くろうと》足軽がおり、後者を特に、槍足軽と呼んだ。平八郎隊に同心衆として配属されている二十名ほどの足軽の多くは、この槍足軽である。玄人足軽の中には、他にも弓足軽、鉄砲足軽などがいた。どれも身分は低いが、決して数合わせの有象無象《うぞうむぞう》などではなく、歴《れっき》とした専門技能者であった。

なにせここは遠江、曳馬城を落としたとはいえ敵地なので油断はできない。

四人の三河衆は、甲冑を着け、槍と刀で重武装していた。

「でもお頭、武田と今川、北条《ほうじょう》の三ヶ国は同盟を結んどるでしょ」

「たァけ。そんなものあの信玄が気にするか。今川氏真がとろいことは見え見えよ。遠慮なしに駿河を獲りにくるさ」

実は、今回の三河勢の遠江侵攻は、武田勢の駿河侵攻と連動していた。

二ヶ月前、家康は信長の仲介で信玄と約定を結んだ。大井川《おおい》を国境とし、西側の遠江を家康が、東側の駿河は信玄が領有すると誓約したのだ。

「ま、信玄は腹の黒い野郎だら。駿河を手に入れた後は、殿との約定など反故《ほご》にし、西に進んで、ここ遠江に触手を伸ばしてくるに相違ない。殿としては信玄の侵攻に備え、占領した遠江の守りを固めておかねばならないわけだら」

「ほうですか……ほうですな」

今までは、弱体勢力とはいえ、駿河今川と遠江国衆の存在が、信玄の動きを牽制していたのである。もし信玄が無理矢理に三河徳川と戦うとなれば、留守になった甲斐《かい》の下腹を駿河勢、遠江勢に突っつかれかねない。

ところが武田が駿河を獲ると、信玄に後顧の憂いはなくなる。西に向かって一気に押し出すことが可能となり、三河勢は武田の強大な圧力を、一身で支えなければならなくなるのだ。

「少なくとも大井川までの土地は、早うに押さえとかんとな。あの川は広くて流れも速い。渡るに難儀する。大井川を水濠《みずぼり》として迎え討てば、さしもの信玄も往生するら」

平八郎が呑気に笑った。

ほどなく小天竜川が見えてきた。

雨の少ない時節で、小天竜川は思いの外に水量が乏しく、軍勢の渡渉にさほどの障害とはならなそうだ。

「どうだら茂兵衛、ここまで来たついでに今少し足を延ばし、天竜川本流も見ていくか？」

「へい、お供しやす」

天竜川本流までは、ここから東へ一里（約四キロ）強ある。帰りは暗くなるだろうが、足軽の身でまさか嫌だとは言えない。それに、夜目の利く丑松がいるのも心強い。

「茂兵衛？」

「へい」

冬枯れの薄《すすき》の原野を進みながら、また平八郎が馬上から声をかけた。

「おまん、ええ女を囲っとるらしいのう」

「や、あれは逃げられました」

「逃げられた？　たァけ。乱暴に扱ったな？　おまんの面は熊か鬼のように恐ろしげなのだから、せめて優しくせんと女子はいつかんぞ」

「へい、すんません」

背後で辰蔵と丑松が、声を殺して忍び笑う気配が伝わった。ちなみに、平八郎の顔は茂兵衛以上に恐ろしげである。

「ま、ガツガツせんでも、おまんの嫁ぐらい俺が探してやるら。だから、一人に逃げられたぐらいで自棄《やけ》は起こすなよ」

「へ、へい」

偉そうなことを言う平八郎だが、年齢は茂兵衛より一つ若い。茂兵衛は今年二十二だから、平八郎はちょうど二十一歳か——ただ、初陣が十三で、以来数多《あまた》の戦場で鍛えあげられたため、目つきと腰の据わりが常人とは違った。押し黙ってなにも喋らなければ、三十歳《みそじ》にも見えたろう。

先手役の頭である平八郎と足軽の茂兵衛の間には、身分を超えた絆が育っていた。

友情の端緒は「蜘蛛《くも》の巣」であった。

まだ茂兵衛が、平八郎の同心となって日が浅いころのことだ。平八郎について藪の中を歩いていたとき、先頭から三番目を歩く平八郎が、顔にかかった蜘蛛の巣を不快げに払ったのだ。

「謎じゃ、どうしてワシにだけ？」

平八郎が歩くと、いつも蜘蛛の巣が顔にかかって気色が悪いという。

「だから、先頭は歩かんようにしとるのさ。それでも、蜘蛛の巣にワシの面だけが好かれよる。まったく、謎じゃ」

「あの、お頭？」

「あ？」

「その蜘蛛の巣のお話ですが……」

「なんら、ゆうてみい」

「それはお頭が、人より首一つ背が高いからです。俺も同じですら。人の後から歩いても、俺の頭だけ蜘蛛の巣に届きよる」

「ふ〜ん、ほうか……」

しばらく考えてから、突如、平八郎は笑い出した。

「アハハハ、なるほど。それで合点がいったわ。おまん、賢いのう。ガハハハ」

茂兵衛が賢いのか、平八郎がアレなのかは惜《お》くとして——かくして、これが二人の友情の始まりとなった。

植田村にいたころ、茂兵衛は村の嫌われ者であった。親父が亡くなって以降、家族がなめられないようにと周囲に鉄拳を振るい過ぎたのだ。一人も朋輩《つれ》などいなかった。平八郎との身分差は大きく、朋輩と呼んでは非礼にあたるが、茂兵衛は内心でこの若い豪傑に強い友情を感じていた。


当時の徳川の軍制は「三備《さんぞなえ》」と呼ばれる。

「三つの軍団から構成されている」という程度の意味だ。決して古くからの軍制ではなく、三河一向一揆以降、本格的に採用されたのは、ここ数年のことだ。

まず、酒井忠次を総大将とする東三河衆が一つ。数年前の三河統一以降に家康に従った菅沼定盈《すがぬまさだみつ》、奥平定能《おくだいらさだよし》など東三河や奥三河の国衆地侍で構成された。

次に、石川家成《いしかわいえなり》を指揮官とする西三河衆がある。

西三河は松平発祥の地であり、平岩《ひらいわ》、本多、酒井、大久保《おおくぼ》など古くから徳川に臣従した家の者が多い。

最後が、家康の直臣のみで編制される旗本先手役だ。

家康の護衛部隊である馬廻衆《うままわり》とは別に、直属の即応攻撃部隊である先手役を家康は新設した。平八郎の他にも鳥居元忠《とりいもとただ》、後には榊原康政など「家康の子飼いの武将たち」が旗頭としてそれぞれの部隊指揮を任されていた。

東西三河衆は、鎌倉以来の軍制である寄親寄子《よりおやよりこ》制を踏襲《とうしゅう》している。一朝有事の際、おのおのが小領主（農場経営者）である寄子たちは、家子郎党《いえのころうとう》（農民）を引き連れて馳せ参じ、寄親である酒井や石川の指揮監督の下、軍役を果たした。以前、茂兵衛が仕えていた夏目次郎左衛門《なつめじろうざえもん》などが寄子の典型である。

それに対し、旗本先手役は全員が家康の直臣であり、茂兵衛ら足軽雑兵のはしばしまでが岡崎に常駐する職業軍人だ。彼らは東西三河衆の武士たちが鋤鍬《すきくわ》を振るっている間、槍や鉄砲の稽古に勤《いそ》しんだし、岡崎城の一画に宿舎を与えられ、寝食をともにするから仲間意識や団結力も群を抜いていた。最精鋭部隊と呼ばれる所以《ゆえん》である。

件の三河一向一揆で国衆地侍たちの反乱に懲《こ》りた家康は、盟友信長に倣い、直属部隊を二百から六百にまで増強した。そして強者《つわもの》や特技を持つ者を選抜、優先的に先手役へと編入したのだ。そんな猛者《もさ》たちが、平八郎のような精忠無比の鬼武者に率いられるのだから、強くないはずがない。

ただ、軍団の下の下から見上げている茂兵衛などは思う――

（家康公にとっては痛し痒《かゆ》しかもしれんら。便利で頼りになる俺らばかりを多用すると、酒井隊や石川隊の士気が下がり、ひねくれるもんな）

いじけた部隊がいると、敵はそこに付け込んでくる。最悪、裏切者や内応者を出しかねない。

曳馬城攻めの先鋒に、酒井隊を起用した家康の苦悩がここにあった。初めから平八郎隊を突っ込ませておけば、わずかな時間で大手門は抜けただろうし、味方の損害も少なかったはずだ。それが分かっていてもなお、酒井隊に花を持たせようと考える家康は、なかなかの苦労人だと、茂兵衛は心中で感服し、好ましく感じるのであった。

三

永禄十一年も、まさに暮れようとしていた。

本来なら、家康はそのまま曳馬城で越年するつもりだったに相違ない。ところが二十二日になって、驚愕の報せが舞い込んだのである。

「甲斐武田家の重臣秋山虎繁《あきやまとらしげ》殿、本月十八日、北方より遠江に侵攻、現在もなお南下中」

との早馬である。曳馬城の一室で、好物の麦焦しを頬張る家康の顔が、見る見る紅潮した。

「あ、あり得ん！」

家康は癇癪《かんしゃく》を起こし、椀を床に叩きつけた。

信玄と家康は、ほんのふた月前に「駿河は武田。大井川を境にして遠江は徳川が領有する」と誓約を交わしたばかりだ。それがこの十八日、家康が曳馬城を攻略したのと同じ日に、武田勢ははやばやと約定を踏みにじり、遠江へ侵攻してきたというのだ。いくら権謀術数《けんぼうじゅっすう》・騙し騙されの戦国期でもまれにみる、あからさまな背信行為と言える。

「左衛門尉を呼べ。今すぐにじゃ」

家康は外交担当の酒井忠次を呼ぶように命じると、いらいらと爪を嚙み始めた。

「信玄の野郎は、この十三日に今川氏真を追い出して駿府に入城、今は駿河の国守気取りで、偉そうにしておるそうな」

辰蔵は、同じ組の足軽たちを前に、得意顔でまくしたてた。

「秋山虎繁といえば、信玄の信任厚い武田の重臣だら。跳ねっかえりの国衆が、独断専行で遠江に雪崩れ込んだのとは意味が違うがね」

辰蔵は、徳川家の重臣しか知らないような内緒話を、よく小耳にはさんでくる。勿論当たり外れはあるのだが、それでも、上の方が何を考えているのか分からず、いつも不安に苛《さいな》まれている足軽たちからは、とても重宝がられていた。

「俺から言わせりゃよ。信玄は端《はな》からこうするつもりで、殿様と密約を結んだんだら。殿様は騙されたんだら」

密約を結ぶことで家康を油断させ、遠江への侵攻速度を遅らせる。その隙に大井川を渡ってしまおうと信玄は考えていた――と辰蔵は分析するのだ。

足軽たちの間からは「さもありなん」「間違いねェら」と、辰蔵に同調する声が相次いだ。

茂兵衛も辰蔵も昨日、お頭のお供で天竜川を見ている。

立派な川ではあったが、大井川は、それに倍する大河と聞いた。もし両者の誓約通り、武田と徳川の国境が大井川に設定されれば、どちらからにせよ攻め込む側は渡河に往生するはずで、となれば、武田と徳川の国境はしばらくの間は安定したろう。

しかし、現状では、大井川の西岸に秋山隊が入り込んでいる。この部隊が橋《きょう》頭堡《とうほ》として機能すれば、武田勢の大井川渡渉は容易になってしまう。

「で、これから俺らはどうするんら?」

同僚足軽の一人が辰蔵に訊いた。

「そんなもん知らんがね。殿様と左衛門尉様が考えてくれるだろうさ」

情報収集こそ得意な辰蔵だが、それを分析し、次の一手を読む才覚には、どうも欠けているらしい。

(ま、うちの殿様は、東へ押し出して秋山隊を駆逐《くちく》するか、掛川城あたりを押さえて備えるかしかあるまい。いずれにせよ、俺らの出陣は早まるら)

茂兵衛は心中で確信した。

掛川城は、大井川と天竜川のちょうど中間地点にある。どちらの大河からも五里(約二十キロ)の距離だ。さらには地形が重要で、掛川は遠州灘まで続く山地の切れ目、鞍部に位置していた。西進する武田の大軍は、大きく海側に迂回する以外、どうしても掛川を通らざるをえないのだ。

徳川としては、まず要衝の地である掛川を押さえる。次に海側の高天神城《こうてんじん》を攻略すれば、山地と相まって大井川の西に強靭《きょうじん》な防衛線を引くことができよう。そうすれば、大井川を渡った武田勢は、今度は背水の陣で徳川方と相対することになるのだ。一つ間違えば大河に追い落とされ、武田勢は壊滅するだろう。そんな危険を、あの信玄が冒すとは考えにくい。

逆に、徳川が掛川を獲れなかった場合、大井川を渡った信玄本隊は秋山隊と合流し、そのまま西に進んで遠州から徳川を追い出すだろう。下手をするとそのまま三河にまで侵入してきかねない。徳川の命運は、どれほど早く掛川城を攻略、足場を築けるかにかかっている。

「おい辰蔵、丑松」

「あ?」

「明日にも、や、今夜にも陣触れがあるやも知れん。今のうちに荷物をまとめ、後はよく寝とくら」

「や。俺が聞いた話だと、殿様はこの曳馬城を堅めて年を越す腹だそうな」

辰蔵は、家康が「天竜川で信玄を食い止めようとしている」と言うのだ。

「でもな、おまんも昨日見たろ？　今は雨が少ない。天竜川は水濠としては頼りないがね」

そのことは昨日のうちに、平八郎から家康に報告が上がっているはずだ。決して知性派とは言い難い平八郎だが、肌で感じる直感に優れており、敵陣の急所や戦場での機微を嗅ぎ分ける嗅覚には、家康も高い評価を与えている。さもなければ、虎の子の先手役の旗頭に起用はしないし、昨日のように物見に出すこともないだろう。

「それにな……」

と、茂兵衛は続けた。

「この界隈《かいわい》は天竜川の河口で、見渡す限りの平地だら。わずか三千の俺らが、おそらくは一万近い人数で押し寄せてくる武田勢と、正面切って喧嘩するのは得策とは言えねェら」

——だからこそ「殿様は早い時期に、東へと駒を進めるはず」と、茂兵衛は読んだ次第である。

茂兵衛の読みは、半分外れて、半分当たった。

翌朝、茂兵衛ら旗本先手役は、曳馬城の防御強化——つまり土木作業——に駆り出されたのである。その代わりに酒井忠次の東三河衆が曳馬城を発《た》ち、その後を追うように石川家成の西三河衆もが東へと向かった。

噂では、信玄との外交交渉を担当した酒井が責任を感じ、志願して掛川城攻略に向かったというのだ。

「左衛門尉様は知恵者かも知れんが、戦下手《いくさべた》よ。意地をはらんで掛川城攻めはワシらに任せとけばええのにな」

と、酒井のことを毛嫌いしている平八郎は、口元に皮肉な笑みを浮かべた。本日の平八郎は、錦の鎧直垂《ひたたれ》の上から陣羽織を羽織っただけの軽装である。土塁の上に据えた床几《しょうぎ》にドッカと腰を下ろし、配下の足軽たちの作業を見守っていた。

時折、懐に忍ばせた焼飯を摑みだしては、口に放り込んだ。

茂兵衛もやはり鎧は着ず、鉄笠も被らず、具足下衣《したころも》の腰に打刀を佩《お》びただけの軽装で、鍾馗の旗印を掲げ、平八郎の背後に控えている。

平八郎は慈悲深く、涙もろい人情家である一方、人の好き嫌いがあからさまで、黒白《こくびゃく》がはっきりとしていた。主人家康、朋輩の榊原康政、茂兵衛などはお気に入り組だが、酒井忠次や信長、すべての今川家、武田家の将兵のことは始終貶《けな》してばかりいた。

今川や武田は敵国だから嫌うのも分かるが、同盟者の信長や、家中の酒井忠次まで嫌うのは、ちと行き過ぎである。ま、平八郎の気持ちを推し量れば「世の中、好きな奴以外は全部嫌い」ということなのだろう。実に分かりやすい性格である。

ちなみに、酒井忠次は、平八郎が貶すような弱将でも戦下手でもない。負けを勝ちに転ずるような派手な采配こそないが、勝てる戦には確実に勝っている。三河衆の三分の一を任せるに足る、堅実な智将と言えた。

ただ、戦指揮以上に、内政外交の能力が高く、徳川家を政治的に支えているところがあって、武辺専一の平八郎などからは「敵に弱腰で胡散臭い」「何を考えているのか分からない」との印象を持たれるのかも知れない。

「殿は海道一の弓取で間違いないが、左衛門尉様を依怙贔屓《えこひいき》するのだけは気に食わん。ここ曳馬城を攻めてよく分かったろうに。左衛門尉様が朝から攻めて落ちなかった城が、ワシを突っ込ませてから大手門が開くまでわずか四半刻（約三十分）だ。そうだったな茂兵衛？」

「へい、お頭」

「ほいじゃ、なんで殿は、先に酒井隊を掛川に向かわせたのら。ワシの隊の何が不満なのよ？」

「ヘイ、御不満なんぞあらせんです」

「ほうだら」

「ヘイ……ただ」

「ただ!?」

振り返った平八郎から、もの凄く怖い顔で睨まれた。

「こら茂兵衛……ただ、どうしたら？」

「……」

「おまん、事と次第によっちゃ、赦《ゆる》さんど」

と、腰の打刀に手をかけた。早く答えねば、斬られかねない。

「ご、御遠慮があるのでは？」

おずおずと答えた。もしこれ以上平八郎の機嫌が悪化するようなら、取りあえず土下座で切り抜ける腹である。

「誰が、誰によ？」

「と、殿様が、酒井様や石川様に」

「遠慮って何だら？」

「俺らの……先手役衆が強すぎるから、ほんで、俺らばかり先鋒に使うと、他がひねくれるから」

「酒井や石川がひねくれるのか⁉」

「へい」

「殿が、おまんにそうゆうたのか⁉」

「まさか、俺ァ殿様と喋ったことなんかほとんどねェですら」

「ふ〜ん」

と、刀から手を離し、また焼飯を口に放り込んだ。

「ほんじゃ、あれか？」

口をもぐもぐさせながら平八郎が訊いた。

「殿様は、ワシの働きをちゃんと見とると、おまんは申すのだな？」

「へい。そりゃもう」

「ま、出る杭は打たれると言うからのう。あまりワシらばかりが手柄を独占するのも、御家のためにはならん」

「へい」

「ほうか、殿には殿のお考えがあるか……ほうか」

よかった。お頭の機嫌が直った。

四

三河からの増援部隊を加え、総勢五千余に膨れあがった徳川勢は、十二月二十七日に掛川城を包囲した。

ただ総大将である家康の本隊のみは、掛川城の西方一里（約四キロ）にある不入斗《いりやまぜ》集落に陣を敷いた。現在の袋井《ふくろい》市国本《くにもと》である。

家康の本隊が後方に布陣したのには、理由があった。

まずは、掛川城攻撃の後詰《ごづめ》であろう。酒井、石川の両家老が指揮する四千からの攻城軍は強力だし信頼も置けるが、何が起こるか分からない。万が一に備え、予備の別動隊を控えさせておくのは兵学の常道と言えた。

次に、信濃から南下してくる武田勢——秋山虎繁隊への備えである。

信濃から遠江にかけては山が深く険しく、数百名規模の部隊が、山林内を直線的に移動することは困難だ。山間《やまあい》の川筋や間道を縫って移動し、平野に出ざるを得ない。不入斗はそれらの出口のいずれにも近く、秋山隊がどこから出てこようとも対応が容易であったのだ。

掛川城は今川家の重臣朝比奈泰朝《あさひなやすとも》の居城である。同じ平城でも曳馬城にくらべて規模が大きく、環濠は深く、土塁は高かった。

特筆すべきは、大手門と搦手門《からめてもん》の前面にそれぞれ、小規模な曲輪が設けられていたこと。所謂、馬出《うまだし》である。これがあると、城兵はただ亀のように閉じこもっているだけでなく、ときに突出《とっしゅつ》して、寄せ手に攻撃を仕掛けてくるから、攻城側としては油断がならない。

さらに家康にとって想定外だったのは、この城に今川家当主、氏真が逃げ込んでいたという事実だ。

去る十二月六日に甲府を発った信玄は、同十三日には駿府へと入城している。わずか七日で、隣国の首府を陥れた。如何《いか》に今川方の抵抗が弱かったか、あるいは、ほとんど無抵抗であったことがしのばれる。

当然、今川の軍事力も弱体化していたのだろうが、それ以上に、あらかじめ信玄が調略をもって、氏真を丸裸にしていたということなのだろう。事実、氏真麾下の国衆たちの離反が相次いでいた。

その流れの中にあって、この掛川城の主、朝比奈泰朝は稀有な存在であった。

駿府を追われた氏真が落ちのびてくると、掛川城へ迎え入れ、今川家の孤塁を守ろうとしているのだから。

曳馬の田鶴姫は、信玄と内応し、家康と戦った。結果的に城は落ちたが、その選択には一定の合理性が感じられる。

対して、朝比奈に如何ほどの勝算があるのだろうか。武田に追い出された主人を奉じて、徳川と戦う。周囲の国衆たちは皆、武田か徳川かに寝返っている。まさに孤立無援の不毛な戦いではないか。

氏真の正室早川殿《はやかわどの》は、北条家当主氏康《うじやす》の娘だから、あるいは北条の来援を期待していたのかも知れないが、小田原《おだわら》は三十里（約百二十キロ）彼方《かなた》で、あまりにも遠い。

つまり朝比奈は、勝算も打算もなく、敗残の氏真を受け入れた。足利《あしかが》宗家の分家筋である名門今川氏に対する、中世的な忠義心からの行動――「今川の最期は自分が看取る」との悲愴な使命感、美意識が朝比奈をして絶望的な籠城戦へと駆り立てた。

「たァけ！　ええから、おまんは見張りを続けてろ」

枯れ枝を集める手を休めて、辰蔵が樹上の丑松を怒鳴りつけた。

遠目の利く丑松を山の頂《いただき》に連れて行き、周囲を見張らせることにしたが、なにせ季節は真冬だ。しかも山の上は風が吹く。寒さに辛抱が堪らず、火を焚《た》いて暖をとることにした。薪《まき》を集める茂兵衛と辰蔵が気になる丑松は、下ばかりをうかがっている。それでは見張りにならないと辰蔵は癇癪を起こしたのだ。

「早う火を焚いてくれ。凍えて物見どころではないがね」

と、槙《まき》の枝に跨《また》がった丑松が泣きそうな声をあげた。

「丑、これは戦じゃぞ。ちったあ辛抱せい」

「ほんじゃ辰蔵も、ここに上ってくればいいら。木の上は風が強いで、ド寒いんだがね」

丑松にしては珍しく話に筋が通っている。

樹上の丑松の正論には応えず、辰蔵は茂兵衛に声をかけた。

「な、茂兵衛よ」

「なんら？」

「丑松が寒がっとるから、木の根元で焚火したらどうだら？」

「たァけ！　俺の尻が燃えたらどうする⁉」

と、樹上で丑松が激怒《あほう》した。

現在、秋山隊は行方知れずである。十二月十八日に遠江へと攻め込んだ後、十日あまりも姿を見せていない。大方、北部の山岳地帯に身を隠し、戦機をうかがっているのだろう。徳川が弱味を見せれば姿を現し、すぐにも襲いかかってくるはずだ。徳川方も、素っ破《すっぱ》、乱っ破《らっぱ》の類《たぐい》を動員し、情報収集に努めてはいるのだがなかなか尻尾《しっぽ》を摑めない。そこで家康は各隊に命じ、遠目の利く者を山に上らせ、物見に立てることにしたわけだ。

茂兵衛たち三人が割り当てられたのは、不入斗から四分の三里（約三キロ）ほど北に行った村松《むらまつ》という土地である。昔、山中で油が湧出したとかで、油山《あぶらやま》とも呼ばれていた。この場所なら、北部の山地から平地に押し出す幾つかの間道の出口を、よく見渡せる。物見には絶好の場所である。ただ、周囲には木々があり、視界を遮《さえぎ》るので、茂兵衛は丑松を大木に上らせた次第だ。

「秋山隊の兵力はどれほどだろうな」

焚火で手を炙《あぶ》りながら辰蔵が茂兵衛に訊いた。

「こうして山中に隠れ通しておれるところを見れば、大軍ではあるめェ。それでいてひと戦できる頭数……三百か、四百か、そのへんだら」

茂兵衛は焚火の炎に気を配りながら相棒に答えた。暖気が樹上の弟に届くように、かつ届き過ぎて尻が焼けないように、小まめに火力を調整し続けている。三、四百の伏兵——大した数ではないが、夜襲、奇襲など、意表を衝かれると思わぬ煮え湯を飲まされかねない。

丑松があまりに寒い寒いとこぼすので、茂兵衛と辰蔵も交代で木に上ることにした。その間、丑松は焚火で暖をとれる。敵の軍勢が出てくれば、茂兵衛や辰蔵でもそれぐらいには気づく。後から丑松が上って、旗指や人数を詳細に確認すればそれですむことだ。

「糞ッ、目が染みるわ」

と、こんどは辰蔵が樹上で目をこすった。焚火の煙に燻《いぶ》されるので辛いのだ。

「ほれみろ。俺の苦労が分かったか」

丑松が嬉しそうに辰蔵を見上げた。茂兵衛は、丑松の言葉に笑いながら、空へと上っていく煙を見つめていた。

(煙か……武田勢も、焚火にあたってるんだろうか)

と、茂兵衛が心中で呟いたそのときだった。

「おい丑松、ちょっと上がって来い」

樹上から、いつになく緊張した辰蔵の声が降ってきた。

「やだよ。おい辰蔵、これは戦だぞ。ちったァ辛抱を……」

「そうじゃねェ。煙だら。北の山間《やまあい》から煙が上っとる、かも知れねェ」

「丑松、おまん、上れ！」

と、茂兵衛から睨まれ、せっつかれた丑松が、慌てて木を上り始め、茂兵衛も弟の後を追った。

槙の巨木は山頂部を覆う林から首一つ抜きん出ており、上ると、はるか遠くの先までを見通せた。北方を見れば、人家などの人工物は一切見えず、うねうねと低い山々が続いた後、急に盛り上がって白雪に覆われた高峰が連なってそびえていた。今でいう南アルプスである。その右手には、やはり真っ白く冠雪した富士が威容を誇っている。その富士山の方向に——一里か、二里か、確かな距離は分からないが——山の端を棚引くようにし、煙が立ち上っているように見える。

「や、間違いないら。ありゃ、煙だら」

と、丑松が太鼓判を押した。

「しかし、あそこに集落《むら》があるだけやも知れんら」

ま、ここは辰蔵の言う通りである。確かめなければならない。

「よし、辰蔵は帰陣し、煙の件を見たままお頭に報せろ。丑松は、辛かろうが一人でここに残って見張りを続けてくれ」

「兄ィは？」

「あの煙の場所まで行って確かめてくる。なに、遠くても二里（約八キロ）かそこらだ。今日のうちには戻ってこられる」

「でもよ、なにを目当てに行く？　一旦山に入ったら、煙がどこからでも見えるとは限らんぞ」

「まずは、この木の梢《こずえ》に手拭いを結びつけていくら。丑松、おまんは百数える度に、この木を揺すれ。手拭いが揺れて目印になる。この木と富士とを結んだ線上に煙の場所はある」

「いずれ手拭いなんか見えなくなるぞ」

「なら、富士とあの雪の山並みと煙、三つの場所の間合いを覚えておくさ。迷ったら高い木か山に上る、富士と白い山並みはどこからでも見えるから、煙の場所もだいたい見当がつくら」

「なるほど」

辰蔵と丑松が大きく頷いた。

茂兵衛は槙の木から下りると、鎧、籠手《こて》を脱いで身軽になった。ただ、山の中を長時間走るので、足回りだけはしっかり固めておかねばなるまい。辰蔵と丑松からも借りて、替えの草鞋《わらじ》を幾つも腰からぶら下げた。槍や鉄笠は辰蔵に託した。武器は腰に佩びた大小の打刀のみである。槍を手放すのは大層心細かったが、ここからは単身で敵軍に接近するのだ。発見されれば、たとえ槍があっても勝目はあるまい。その場合は逃げるのみだ。長い槍はむしろ邪魔になる。

「ほんじゃ、いくだら。殿様の本陣で会おう」

茂兵衛は北東の方角に、辰蔵は南の本陣へ向け走り去った。丑松はまた木に上り、茂兵衛に言われた通り、百数えては槙の木を揺すり続けた。

落葉した冬の森は比較的明るく、また下草が枯れており、山は歩きやすかった。それでも絡まってくる枯れ蔦《つた》などは、腰の脇差を抜き、払いながら歩を進めた。時折、布切れを目につく枝や灌木《かんぼく》の幹などに結《ゆ》わえつけた。帰路の目印にするつもりである。帰りはおそらく夜になる。暗い山中で布切れがどれほど見えるか心細かったが、最悪、夜明けを待って帰陣する手もある。無駄にはならんと自分に言い聞かせつつ、小まめに作業を続けた。

山を一つ越える度に、富士と油山の位置関係を確認した。梢で揺れる手拭いが見えなくなると、北方の雪の峰々と富士を見比べ、大体の方向を掴み、煙が上る山間を目指す。

目的地に向かい、山中を遮二無二《しゃにむに》直進した。当然、道はない。普段は人の来ない場所だから獣たちも油断しているのであろう。鹿や猿を幾度か見かけた。狼や猪、ましてや熊に出くわしたら怖いなと不安になったが、幸い、危険な獣に遭うことはなかった。

陽が西に傾いたころ、八つ目の小高い峰を越えた。そのときふと、耳に人の話し声が飛び込んできて、思わず茂兵衛は枯れた藪に身を伏せた。声は、目の前の谷底から湧き上ってくる。

(や、人の声だけじゃねェら。馬の嘶《いなな》きも混じっとる)

冬枯れの木々を透かして、夥《おびただ》しい数の人馬の気配が谷底から伝わってきた。五人十人ではない。百人単位の男たちが屯《たむろ》している。この寒い中、遠州の山中で野営する部隊とは――

(こりゃ、大当たりだがや。俺たち、秋山虎繁隊を見つけたんだら)

勿論、確認せねばならない。

このまま下っていけば、見通しの良い冬の林の中ではすぐに見つかる。暗くなるのを待とう。さらに冷え込むだろうが、命には替えられない。

日が暮れると、茂兵衛は忍び足で坂を下った。

枯葉がカサカサと音を立てるのには閉口するが、それでも闇の中、慎重に敵陣へと接近した。野営地の人数は百人か、二百人程度の小部隊だ。馬の数が矢鱈《やたら》と多い。四、五十頭はいる。

（これが、武田の騎馬武者ってわけか？）

小柄だが、がっしりと骨太な馬ばかりで、坂の上り下りには強そうだ。甲斐は山がちな土地柄であるから、この手の馬が重宝されるのだろう。

（ん？）

何本も立て掛けてある幟に、合印が染め抜いてある。見れば、三階菱《さんがいびし》だ。まごうかたなき甲斐源氏の支流、秋山家の家紋である。

（秋山虎繁の手勢であることは間違いなかろう。これで十分ら……後は、ま、俺が生きて帰ることだな）

ふと、水の流れる音が耳に入った。

これだけの人と馬が隠れているのだから、大量の水が必要なはずだ。

(しめた。谷底を小川が流れとる。帰りはこの川に沿って帰ろう)

この辺りの川はどれもこれも、下れば遠州灘である。熊や狼が徘徊《はいかい》する山中を、これから頂を八つも越えて帰る気力はなかった。さらに今夜は月末で、月明りは期待できない。闇の中で迷う恐れもあった。川に沿って下れば、ずっと平地のはずで歩くに楽だし、迷う心配もなかろう。

茂兵衛はしばらく林の中を戻り、背後に人馬の気配がしなくなってから川に出て、そのまま下流に向かい速足で歩いた。

星明りだけを頼りに歩くうち、次第に目が闇に慣れてきた。山間の渓流に沿って続く、ほんの踏み分け程度の道なのだが、なんとか辿ることができる。道が左へ森を巻くように屈曲した場所にさしかかったとき、正面から歩いてきた二人の男と鉢合わせた。

(うッ)

彼我の距離は四間(約七・二メートル)ほど。互いに歩を止め睨み合った。闇の中、上下白っぽい衣服で筒袖《つつそで》に裁着袴《たつつけばかま》——両肩から腕にかけ黒くみえるのはおそらく籠手だ。槍はなく、胴も鉄笠もないが、具足下衣姿の足軽と見た。この山奥に兵士が二人、秋山の野営地へと戻る武田衆とみて間違いなかろう。

(ど、どうするか?)

まずは、誤魔化すことにした。

「よぉ」

と、さも顔見知りであるように振る舞い、片手を上げ、歩き出し、すれ違おうとした。二人は茂兵衛を凝視している。

「おめ……」

「ん?」

「誰ずら?」

(ず、ずらって……どこの訛《なま》りだら?)

瞬間、迷った。さらに誤魔化すのか、逃げるのか、いっそ殺すか。

「お、俺ずら」

「おめなんぞ、知らね!」

誤魔化しは失敗したようで、二人の足軽は身をかがめて腰の刀に手をかけた。

(槍なら兎も角、刀と刀で正面から斬り合って、二人倒す自信はねェら)

ならばこの場は、逃げるしかない。

そのまま走り出し、二人の間をすり抜けた。背後でブンブンと二回、風を切る音がしたが、敵の切っ先は茂兵衛の背中には届かなかった。茂兵衛に限らず、刀扱いに長《た》けた足軽は希だ。

あとは走るだけ。二人が後を追ってきたが、脚力には自信がある。

（や、まてよ）

走りながら考えた。

（ここで俺が逃げおおせても、こいつらは仲間に報せるだろうな）

徳川方の間者に、隠れ家を知られたのだ。秋山隊はすぐにも移動してしまうだろう。北遠江の山岳地帯、どこにいるのか所在が分からなくなっては厄介だ。反対に、この二人を殺して遺体を草叢《くさむら》にでも隠してしまえば、足軽の脱走など、どこの国でも日常だろうから、全軍移動するほどの問題にはならないかも知れない。

（糞ッ、見つかった以上、殺《や》るしかあんめいな）

茂兵衛は走りながら腰の刀を抜いた。そして故意に走る速さを落とした。背後の足音が急速に近づく。瞬間、足を止めて振り返った。小柄な足軽がすぐそこまで来ており、彼は慌てて刀を振ったのだが、またしても空振り。

（しめたッ）

茂兵衛は抱き着くようにして敵の腹に打刀を突き立て、グイとひねり上げた。

「ぐえッ」

夜目にも、口から黒々とした液体が溢れ出すのが分かる。刀を抜き取ると、敵は腹を押さえて膝を突き、前のめりに倒れた。

その背後から二人目の足軽が湧き、刀を振り下ろしてくる。茂兵衛も矢鱈と刀を振って受け流し、そのまま踏み込んで胴を抜いた。動きを止めた相手を、上段から斬り下げて止《とど》めを刺した。

五

油山に寄り、木の上で眠り呆けていた丑松を連れ、くたくたになった茂兵衛が本陣に辿り着いたのは、夜明け前であった。今頃になって東の空に細い月が上っている。

「おまんも一緒にこい」

報告を聞いた平八郎は、茂兵衛を連れて家康の寝所に向かった。

「ここで待っとれ」

平八郎から言われ、天幕のうちで一人畏《かしこ》まって待つと、やがて鎧直垂姿の家康が平八郎を連れて現れた。戦陣では、直垂のまま眠るのであろう。

「植田とやら。三階菱の幟の軍勢が百から二百。馬が三、四十……相違ないか」

家康が直に訊いてきた。神経質そうな甲高い声だ。

「へい」

「お前、直に見たのだな」

「へい」

「その場所へ、もう一度案内できるか」

「へい」

「殿、明日にでもワシが蹴散らしてくれます」

「うん、そうだな」

とだけ応えて、家康は黙り込んでしまった。しばらく考えていたが——

「や、厳重な見張りを置いた上で、捨て置け」

「え、でも、背後に秋山勢がいるのは気持ちが悪いですら」

「敵は、谷筋の隘路《あいろ》にいるのだ。大軍をもって取り囲むというわけにはいかん。相手の数がたとえ百でも、手こずるぞ。それにな……」

と、家康は続けた。秋山隊が百から二百と聞き、家康は「信玄が当面、遠江侵攻を企んでいない」ことを確信したのだという。

「つまり、秋山隊は物見よ」

「物見？」

「うん。ワシの戦いぶり。曳馬、掛川の攻城法、その後領民を如何に宣撫するかなど、信玄はワシの手の内を見たいのだ」

「物見なら、百も二百も要らんでしょう。数名で百姓にでも化けて見て回れば済むことだら」

「秋山は信玄が信頼する武将じゃ。奴の独断で、村を焼くとか、夜討ちをかけるとか、ひと当て、ふた当てすることも認められておるのだろう。軽く仕掛けて、ワシの反応を見る……信玄らしいわ」

つまり秋山隊は、現代でいうところの威力偵察部隊であったわけだ。

さもなくば、秋山虎繁ほどの名将に、わずか百か二百の中途半端な手勢を与えて山間に隠しておく理由がない。秋山の戦略眼により「家康、恐れるに足らず」と見切った暁《あかつき》には、信玄は今度こそ本気で大井川を渡り、遠江を、さらには三河を獲りにくるはずだ。

「秋山には、精々ワシの采配ぶりを見てもらうさ」

そういって、若い国守は苦く笑った。

徳川勢が掛川城を包囲したのは昨年の暮れだ。二十日ほど経っているが、この間、戦闘は行われていない。城主朝比奈泰朝や匿われている今川氏真は、家康の古い顔馴染みだ。駿府で十年以上も一緒だったのである。いきなり殺し合うということはせず、互いに使者を行き来させて和睦の道を探っていたのだ。攻城側で交渉を担当していたのは西三河衆を束ねる石川家成である。その家成から、不入斗に布陣する総大将家康に「和睦は難しい」との報せが入ったのが永禄十二年（一五六九）一月十七日の未明――即日、家康は動いた。

馬廻衆と旗本先手役を率いて東へ進み、掛川城の北方七町（約七百六十三メートル）にある天王山《てんのうざん》という小高い丘に本陣を構えたのである。

さらに布陣後数日で、丘の麓《ふもと》に環濠を掘り、掘り出した土で土塁を高く盛り上げた。ここまで大規模になると、もう陣地構築の類ではない。明らかに攻城用の砦建設であり、付城とか陣城と呼ぶ方がピタリとくる。総大将である家康が最前線に布陣したこととも相まって、城兵に対し「徳川は本気で掛川城を落とすぞ」

との意志をはっきりと伝える示威行動であった。

「ただ、この城は意外とやり難いがね」

と、天王山砦の矢倉上で平八郎が呟いた。

例によって、徳川の先鋒は酒井隊だ。平八郎隊は家康本陣で、予備戦力として控えている。

「茂兵衛よ。あの丸馬出、おまんは攻めたことがあるか？」

「いんや、話だけは聞いとりましたが、実際に見るのは初めてですら」

鍾馗の旗印を掲げて、平八郎の後方に控える茂兵衛が答えた。

馬出は、城門の前面に設《しつら》えられた半円形、または方形の陣地である。前者を丸馬出、後者を角馬出と呼ぶ。戦国後期、東国の城から始まり全国に普及した。一説に北条氏の発案とも言われている。大規模な馬出になると、馬出曲輪とか、出丸と呼ばれることもある。

古来、籠城戦というものは、防御一辺倒であった。城門を固めて閉じ籠り、ひたすら耐え忍ぶだけの陰鬱な戦いだ。

ところが馬出があると、籠城側の戦い方は一変する。

寄せ手の虚を衝き、打って出て反撃することが可能になったのだ。多くの場合、複数の出入口があり、寄せ手は「どこから城兵が出てくるか分からない」との不安にかられた。下手をすると、城を攻めていたつもりが、背後に敵が湧き、挟撃されかねない。

「で、どう攻めます？」

「知らんがや。おまんならどう攻める？」

「お頭、俺、足軽ですら」

ガンッ！

癇癪を起こした平八郎が、拳で茂兵衛の鉄笠を殴った。

「たァけ！　いじけた返事を致すな！」

「へ、へい。すんません」

馬出に複数の出入口があるのが厄介だから、攻める一ヶ所を除き、他の出入口に蓋をする——逆茂木か火をつけた荷駄などで封鎖する——のも悪くないとは思ったが、得々として即答するのも嫌らしいので答えなかった。結果、殴られた。

見上げると、鍾馗の旗印がはためいている。今日は風が強そうだ。

ダダンッ。

七町（約七百六十三メートル）彼方で鉄砲の斉射音が轟《とどろ》いた。

遠目にも馬出の土塁に取りついていた酒井隊の兜武者が数人、環濠の底へと転がり落ちるのが見えた。敵鉄砲隊は安全な城内から冷静に狙い撃つので、自然に足軽より兜武者の被弾率が高くなる。それに鉄砲の数が今までとは違っていた。茂兵衛は野場城以来、戦場に出て五年になるが、どこの城より、どこの戦場より、この掛川城の鉄砲の数は多かった。掛川城大手門の矢倉上だけでも、十や二十の銃声が響いていた。

「やられ放題だら」

「そのうち、酒井隊には侍衆がおらんようになるど」

と、辰蔵と丑松は軽口を言い交わしているが、次の瞬間には自分たちがあの地獄に投入されるかも知れないのだ。

大手門の馬出には、見たところ二ヶ所の出入口がある。そのうち、向かって左側の出入口が開き、三十名ほどの城兵が真っ黒になって突出してきた。正面の出入口に群がっていた酒井隊の背後に、その三十名が襲いかかる。数にはまさる酒井隊だが、ここで崩れた。算を乱して敗走する酒井隊の背中に城内から銃弾が容赦なく浴びせられた。

馬出前の環濠の中で、逃げ遅れた数名が城兵に囲まれ、なぶり殺しの目に遭っている。

誰の目にも、掛川城が堅城であること、二日で落とした曳馬城とはわけが違うことは明らかだった。

陽が高くなり、朝から攻め続けている酒井隊に疲労の色が濃く見え始めた。家康は使番を送り、いったん兵を引き、仕切り直すように命じた。

一休みである。

前線からは酒井隊の将兵が、ぞくぞくと自陣に戻って来た。

皆疲れ果て、よろよろと歩き、顔には血の色がなかった。背中に矢が突き刺さったままの者。片膝を撃ち抜かれ、同僚の肩にすがって帰還した者——どの顔にも「二度と掛川城攻めには出たくない」と書かれてあった。しかし、明日になれば、なぜか彼らは精気を取り戻し、刺さった矢を抜き、歩けない者は馬に跨り嬉々として死地に赴くのだ。蓋《けだ》し、戦国武者とはそういうものなのだ。

それはなぜか？

戦場に、未来があるからだ。

功名を立て、褒賞にあずかり、出世をする。槍持ちを従え、馬に乗って歩く身分になれるからだ。低い身分から、領主や城持ちになった者も実在する。つまり戦とは投機だ。命がけの危険な投機だ。万に一つ大当たりすれば、己が人生が変わる。

六

午後になると、酒井隊に代わり、石川隊が掛川城を攻め立てた。

酒井隊の苦戦を目の当たりにしているので、石川隊は竹束や、土嚢《どのう》を積んだ戸板などを弾避《よ》けとして準備していた。

竹束は数多の竹を円筒状に束ね、縄で結わえただけの楯である。これを陣地の前面に並べると、火縄銃の弾をよく防いだ。どこでも材料が入手可能なこと、軽くて持ち運びが容易《たやす》いことなどから、鉄砲が普及した戦国後期、大いに重宝がられた。

準備がよかったおかげで、石川隊が酒井隊のように総崩れとなることはなかったが、遮蔽物の陰で縮こまっているだけでは、敵の脅威とはなり得なかった。

石川隊が、攻めあぐねているのを見て取った家康は、即座に旗本先手役の投入を決断した。本多平八郎隊の七十人と鳥居元忠隊の百二十人を、大手門へと突っ込ませたのだ。

たった二百足らずの兵力だが、岡崎城で寝食をともにする仲間意識の強い精鋭部隊である。全員が息を合わせ、一つの塊になって馬出へと殺到した。

例によって茂兵衛は、平八郎の鍾馗を掲げ、馬の横を走っていた。背後から辰蔵と丑松も槍を抱え必死についてきている。

チュイーン。

敵城から撃ちだされた銃弾が、茂兵衛の傍らを幾度もかすめて飛んだ。

「茂兵衛！」

馬上から平八郎が怒鳴った。

「へい、お頭」

「奴ら、旗印を狙って撃ってきよるら」

「ほんじゃ、下ろしますか？」

「たァけ！　敵弾が怖くて旗を巻けるか！　でも、おまんが巻き添えを食うのは不憫だから、馬の後ろを走れ」

「でも、お頭が狙われますら」

黒光りする頭形の兜に鹿角の脇立、金色の大数珠を肩から下げている——遠くからでもよく目立つ。

「たァけ。ワシに弾は当たらんが！」

と、馬上で豪快に笑った。

この言葉、決して虚勢や強がりではない。十三の歳から数多の合戦に参加、幾度も死線を越えている平八郎だが、不思議と傷を負わない。大怪我をしないという意味ではなく、かすり傷一つ負わないのだ。いつしか敵味方から「平八郎は不死身」と呼ばれるようになった。

背後で悲鳴がした。

「丑松！」

慌てて弟を振り返ると、丑松も辰蔵も元気に走っている。後方に平八郎の小者である幸太《こうた》が大の字になって倒れていた。

「お頭、幸太が撃たれました。動きません」

「南無阿弥陀仏、南無阿弥陀仏、幸太、往生せい」

馬上の平八郎は、前を見たまま叫んだ。三河一向一揆の際、平八郎は家康への忠誠心を示すため、浄土真宗から浄土宗へと宗旨替えをしている。ま、どちらも題目は南無阿弥陀仏で変わりはない。

幸太は二十代半ばの、無口で真面目な男だった。少し吃音《きつおん》があり、辰蔵などがそれをからかっても怒ることはなく、いつもはにかむように笑っていた。名前に幸の文字をつけた両親はまだ健在なのであろうか。神仏などあまり信じない茂兵衛だが、幸太のためには「極楽浄土が在って欲しい」と本気で願った。

馬出の前面には石川隊により陣地が構築されていた。竹束を並べただけの簡易なものだが、竹束の確かな防弾力で、徳川勢の身を敵弾から護ってくれた。ただし、弾が竹束に当たると、バタバタともの凄い音をたてる。恐ろしい。

茂兵衛たちは、まずはその陣地内へと駆け込んで一息入れた。平八郎も馬を乗り捨て竹束の陰に身を潜めた。

「御馬、どうします？」

轡とりを兼ねていた幸太が討死したので、馬引きがいない。

「捨てておけ。敵も放れ馬は撃たんだろう」

騎馬武者の突貫を止めるために馬を撃つことはあろうが、貴重な弾丸や火薬を使って、戦場で無人の馬を狙う鉄砲隊はいない。

バタタッ。

竹束に敵弾が当たり、身を寄せる茂兵衛にも強い衝撃が伝わった。もし貫通していたら、幸太と同じ目に遭っていたかも知れない。

「おい丑松、頭を上げるなよ」

と、弟に怒鳴ってから、余計な心配であったことに気づいた。兄から言われるまでもなく、丑松は竹束の下に頭を突っ込み、しっかり隠れていたのだから。

「ハハハ、それでええ」

卑怯でもなんでもない。丑松の価値は別のところにある。夜目遠目を生かし、殿様と徳川家に十分貢献しているのだから。ひょっとしたら、茂兵衛や辰蔵より丑松の方が役にたっているのかも知れない。

ふと気づくと、いつの間にか茂兵衛は、鍾馗の幟を肩に担いでいた。これでは平八郎隊の目印にならない。慌てて高く頭上に掲げた。これが旗指足軽の役目なのだ。見上げれば、鍾馗には布地を弾が貫いた跡が、無数についている。これからもっともっと増えるのかも知れない。そのわずか下に身を置く旗指足軽は、命がけである。

鍾馗の旗印を目当てに、散らばっていた平八郎隊の面々が集まってきた。すぐに三十人を超えた。

「ここで隠れとるだけでは埒《らち》が明かん。三十人おればひと戦できるだら。ええかこのまま竹束を押して、馬出へとにじり寄るぞ」

と、平八郎が命じた。

竹束自体はさほど重たい物ではないから、押して進むのは雑作もない。ただ、遅れたり突出したりで統制がとれないと、竹束と竹束の間に隙間ができて銃弾が飛び込んでくる。ここは息を合わせて進まねばならない。

「ええか、三尺(約九十センチ)ずつ進むぞ。こら、まだだら。ワシが動けと言うたら、三尺だけ敵側に押せ、ええか」

「おう」

「そら、押せ!」

竹束の群れが、隊列を成し、同じ幅だけ前方へ押し出された。

「ええぞ。ほれでええ」

平八郎は、御満悦である。

バタ、バタタッ。

敵もこちらの意図に感づいたらしく、弾を集中させてきた。

そのうち、火矢までが飛んできた。鏃《やじり》の根元に油を滲《し》みこませた布を巻きつけ、そこに火を点《つ》け、射込んでくる。

幾筋かの矢が竹束に突き刺さった。表面に刺さると、鏃の後方で燃えるだけであまり竹束には引火しないものだが、竹と竹の間に潜り込まれると火が点いてしまう。で、一旦燃え始めると、何せただの竹だからよく燃えた。火攻めは竹束の弱みである。

「ぐあッ」

一人の兜武者が、竹束に潜り込んだ火矢を抜こうとして身を乗り出し、敵鉄砲の餌食となった。

「慌てるな。火矢を抜こうとするな。そら、押せ！」

平八郎が怒鳴った。もし竹束が炎上しても、燃え尽きるまでに馬出へ着けばいいのだから。煙を上げながらも、竹束陣地は馬出へと近づいていった。

バタタ、バタッ。

首をすくめた茂兵衛の目の端に、なにか黒く大きな物が映った。

（ありゃ、馬だら）

前方の馬出の内部で馬が動いている。馬出の土塁は低く、内部の様子が外からよく見えた。ただ、一頭や二頭ではない。少なくとも十数頭はいる。竹束陣地の接近を嫌い、騎馬隊の蹄《ひづめ》で蹴散らそうとの魂胆だろう。

「お頭、騎馬武者が出てきますら」

平八郎に向かって怒鳴った。

「糞がッ！　おい槍だ。槍衾を作れ」

十五人ほどが槍を手に横隊を作った。片膝を突き、槍の石突を地面に突き立て固定し、穂先を揃えて前に構える。騎馬隊の突進に対抗するなら、この槍衾が一番だ。

馬を下りた騎馬武者と低い身分の足軽が、同じ隊列に並んで槍を構える。身分云々を言っている余裕などない。

「茂兵衛、もう旗印はええ。槍を持っておまんも戦え」

「へい」

茂兵衛は、手早く鍾馗の幟を旗棹から外し、ざっと畳んでから丑松に手渡した。

「おまんは、これを持って、どこぞに隠れとれ」

「うん、そうするら」

丑松から愛用の持槍を受け取ると、辰蔵とともに槍衾の横隊の端に並んだ。

馬出の一部、柵が開かれ、二十騎ほどの騎馬武者が突出してくる。彼我の距離は、ほんの二十間（約三十六メートル）ほど——一人の騎馬武者と目が合った。憎悪に燃えた両眼がよく見えた。葦毛《あしげ》の馬に赤漆をかけた当世具足、頭形の兜に面頬を着けている。

（この野郎、睨みおって……おまんは誰だら？　来い！　馬ごと串刺しにしてくれるわ）

胸のうちに沸々と、名も知らぬ相手への敵愾心《てきがいしん》が湧き上がってきた。奴の目を見れば分かる。どんな恨みがあるのか、茂兵衛を突き殺そうとしているのは確実だ。ひょっとしたら、茂兵衛が名誉の旗指足軽であることを、城内から眺めて知っているのかも知れない。ならばこちらもやってやる。遠慮会釈など要るものか。殺される前に殺すのみだ。親父の形見である持槍を持つ掌《てのひら》に、じんわりと汗がにじんだ。

「石突は地面にちゃんと刺さっとるか？　穂先を上げ過ぎるな。馬の胸を狙えよ！　騎馬隊の前進を止めたら、すかさず前へ押し出せ！」

平八郎が、横隊の背後を歩きながら大声で命じた。

「かかれ！」

敵の号令が聞こえてきた。

一斉に騎馬隊が突っ込んでくる。二呼吸する間に目の前に押し寄せた。

案の定、槍を構えた赤具足が、葦毛馬ごと茂兵衛にのし掛かってきた。が、茂兵衛の槍先の方が一瞬速く、馬の胸に深々と突き刺さった。槍の柄がしなり、馬の前進を止める。痛みに耐えかねた葦毛が後肢で棹立ちとなり、鞍《くら》から赤具足を振り落とした。狂乱した馬に槍を持っていかれぬうちにと、機敏に穂先を抜く。傷口から鮮血が噴き出した。

「よおし、前に出ろ！　突き殺せ！」

そう命じている平八郎自身がすでに先頭に立ち走っている。お頭に遅れたくはないが、茂兵衛には赤具足との勝負があった。これを避けては男が廃る。起き直った赤具足が槍を構えて茂兵衛の前に立ちはだかった。ガッチリとした体軀の男だ。

「こら足軽、生意気にワシを睨みおって。なんぞ用でもあるのか！」

「たァけ。睨んだのは、おまんの方だら！」

どうやら先方でも「睨まれた」と感じていたらしい。まるで村の悪童同士の喧嘩である。

間合いを取りながら、赤具足の槍を品定めした。長さは一間半（約二・七メートル）ほどで茂兵衛の槍と同じか、少し短いくらいだ。穂先は七寸（約二十一センチ）ほど、錐《きり》を思わせる細い直槍だから、得物を振り回すより、突き専一の直線的な遣い手と見た。

（先に突かせて、上から叩くか）

完全武装の兜武者と対戦する場合、今まで茂兵衛は同じ戦法で戦い、負けを知らなかった。相手の槍を上から叩き、その反動で敵の内股、草摺の辺りに穂先を突っ込むのだ。

そもそも当世具足に小具足まで着用されると、少なくとも上半身は狙えない。どこを突いても槍先を弾かれる。狙うなら、胴と草摺の間か、草摺相互の間、佩楯《はいだて》が保護しない内股付近に限られる。茂兵衛の槍の穂先は、長大な笹の葉状だ。突くにも斬るにも適している。股座《またぐら》に突っ込んでかき回せば、大量の血が流れ、相手は動きを止める。

「死ねッ」

と、突きがきた。やはり予想通り、突きを極めた遣い手のようだ。動きに無駄がなく鋭い。十分に間合いをとっていたので、半歩後退するだけで穂先を避けたが、茂兵衛の表情は優れない。

先に突かせる——注文通りだったのだが、上から叩けなかったのには理由がある。意外に上を狙って突いてきたので、慌てたのだ。

(こりゃ、相当な野郎かも知れん)

槍は力んで突くと大抵、狙いより上に逸れる。多少とも習熟すると、それが分かってくるから、力みやすい本番では「上方に向かって突き上げる動作」は自重するものなのだ。ところが目の前にいる赤具足は、茂兵衛の首の辺りを狙い、正確に突いてきた。

(上を突いてくるのを、さらに上からは叩けねェ。ならば下から上に撥ね上げるしかあるめェな)

また突いてきた。最前と同じ軌道だ。目が慣れている。咄嗟《とっさ》に槍で上方へと撥ね上げ、そのまま振り下ろし、太刀打の辺りで兜を叩いた。

ゴン。

赤具足がよろめいた。二度三度と繰り返す。苦し紛れの突きがきた。軌道が低い。今度こそ上から叩いた。叩いた勢いで、茂兵衛の槍も地面を叩き、その反動を利して、内股をざっくりと斬り裂いてやった。悲鳴を上げ、下半身を血だらけにしながら後ずさる赤具足の下腹――胴から草摺をぶら下げるゆるぎ糸の辺りに槍先を深く刺し込み、ぎゅうと一ひねりした。

赤具足の骸をそのままに平八郎を追おうとしたが、背後から辰蔵に肩をつかまれた。

「茂兵衛、なぜ首を獲らん！　立派な兜首だら」

「たァけ。そんな暇あるかい！」

「首をもって行かにゃ、手柄にはならん」

「今はそれどころじゃないが。一刻も早ぅ馬出を獲らにゃ、俺ら全滅だら」

「なら、おまんは先に行け。おまんの代わりに俺が獲る」

と、骸に向かいかけた辰蔵の足元で銃弾が土を巻き上げた。

「たァけ！　首はあの世へはもって行けんぞ！」

茂兵衛は辰蔵の襟首を摑むと、敵陣へ向かって走り出した。

「糞ッ！　茂兵衛はたァけだら！　何人兜首を倒しても、首を獲らんからちっとも出世せん！　足軽のままだがや！　アホは一生足軽やっとけ！」

辰蔵が泣きながら大声で叫んでいる。赤具足の首を獲らなかったことが、よほど悔しかったのだろうが、ここは銃弾飛び交う戦場だ。文句や愚痴は後でゆっくり聞いてやる。

辰蔵を引き摺って走りながら、茂兵衛は因縁の相手、乙部八兵衛《おとべはちべえ》のことを思い出していた。

（そういえば、乙部の野郎も赤具足だったら……俺ァ、赤具足と腐れ縁でもあるのかなァ）

と、内心で苦笑したとき、フッと辰蔵が軽くなった。

見ると、辰蔵は自分の足で走っている。引き摺られるのは止めたらしい。

「ええか茂兵衛、今回までだら。次に首級を獲らなんだら、俺ァおまんと縁を切る！　俺ァ、生涯を足軽の子分で送るつもりはないがや」

「勝手にせい！」

と、怒鳴り合いながら、二人は槍を構えて馬出を目指した。

第二章　城将狙撃

一

永禄《えいろく》十二年（一五六九）の二月に入っても、掛川《かけがわ》城が落ちることはなかった。相変わらず城兵の士気は高く、度々馬出《うまだし》から城の外へと打って出ては、徳川勢と激しい白兵戦を繰り広げた。それもかなりの頻度である。二月だけでも、二十日、二十一日、二十三日と、毎日のように突出してきていた。

「朝比奈泰朝も、今川氏真も孤立無援だら。どこからも援軍など来やしねェ」

「ほたら何故、奴らは意気軒高《いきけんこう》に城から飛び出してくる。ちったあ意気消沈しそうなもんだら」

徳川勢の中から、疑問の声が漏れ始めた所以《ゆえん》である。

掛川城攻防戦の場合、むしろ、攻め手の徳川方にこそ不安材料が多かった。

背後の山中には武田の猛将秋山虎繁に率いられた一隊が潜んでいたし、駿府《すんぷ》にいる信玄がいつ何時、大井川《おおいがわ》を渡渉《としょう》して、ここ遠江《とおとうみ》に攻め込んで来ないとも限らないのだから。

「植田茂兵衛、入ります」

と、小さく一声かけてから、入口に下げられた粗末な莚《むしろ》を掻き上げた。

平八郎の宿舎は、旗本先手役の旗頭の仮寓先《かぐう》とは思えないほど、狭く質素で、殺風景な掘立小屋だ。

天王山砦《てんのうざん》は、正規の城ではない。小高い丘の中腹に、龍尾《たつお》神社と呼ばれる古い社《やしろ》が立っており、そこを徳川が接収、濠《ほり》を穿《うが》ち、土を盛り上げただけの即席の陣地、いわば陣城である。当然、身分ある者の宿舎となるべき建物もなく、平八郎のような侍大将級の武将でも、掘立小屋での生活に甘んじていた。

平八郎は、長い手足を折り畳むようにして囲炉裏端に座り、打豆《うちまめ》を肴《さかな》に手酌《てじゃく》で濁酒《どぶろく》を楽しんでいた。

「おう、茂兵衛……ええから、そこに座れ」

「や、ここで結構ですら」

平八郎からは、隣に座れと藁《わら》の褥《しとね》を勧められたのだが、身分差を考えればさすがに遠慮があり、茂兵衛は一段低くなっている式台に端座した。

「おまんは、野場《のば》城に籠《こも》っとったんだら？」

「へい、申し訳ねェことですら」

「なにがよ？」

「や、その、殿様に弓を引いたもんで」

「ああ、それか……ま、ええさ」

と、土器《かわらけ》の中の濁った酒をグイとあおった。

「殿は、もう忘れておられるら」

その後、しばらく沈黙が続いた。囲炉裏の中で薪《まき》が爆《は》ぜた。

「野場には、どれほど籠っとった？」

「五ヶ月ですら。十月の末から閏《うるう》十二月、年を跨いで二月の末まで」

「なるほど、五ヶ月だな」

と、指折り数えた。平八郎は、長い籠城戦の経験者として、茂兵衛に意見を聞こうと考えたらしい。ちなみに平八郎自身は籠城戦を知らない。

「おまんの見るところ、落城の原因はなんだ？」

「そりゃ、あれですら……裏切者が出ましたがね」

「乙部八兵衛か」

「へい」

野場落城の後、乙部とは一度だけ顔を合わせている。岡崎城の足軽長屋を訪ねてきて、明るく「よお、茂兵衛。やっとるか？」と笑った。

その惚《とぼ》けた笑顔を思い出すとげんなりする。

「今は、深溝《ふこうず》松平の重臣《おとな》に収まっとるらしい」

「へ、へい」

内通した相手に取り入り、よい待遇で奉公する――如何《いか》にも、乙部らしい。口から悪口雑言《あっこうぞうごん》が出かかったが、平八郎には関係のないことでもあり、自重した。

「乙部がおらんかったら、野場は落ちんかったか？」

「へい、多分まだしばらくは余力がございました」

「籠城中、なにが一番辛かった？」

「俺は貧乏百姓の出なもんで、食い物とか、暮らし向きに不満はございませんでしたが、ま、一番嫌だったのは夜討ちの火矢ですら」

「火矢？」

「へい、小屋が焼けると塒《ねぐら》が無くなるもんで、眠くても必死で消します。ところが屋根に火矢が刺さって威勢よく燃え始めよる。梯子《はしご》で上って水をかけるんだが、屋根の上でしょ。身の隠し場所がない。これがまた、敵の鉄砲のええ的になるんですら」

「ハハハ」

「仲間の足軽が二人ほど死によりました」

「ほ、ほうか……あ、笑ってすまんかった」

と、また土器をあおった。

「ところで、おまん、兜首《かぶと》を幾つも挙げとるらしいのう」

「や、それほどでも……」

「なんでよ？　なんで首級《しゆきゆう》を獲らんのよ？」

「たまたまですら。敵が来たら、首なんぞ獲っとる暇ァないでしょうが」

まさか上役に「実は、人の首を切り取ることに嫌悪感がある」とは言えない。

「確かな証人がおるか、首級がなけりゃ、おまんの功名とは認められんがね。褒美も出世もなしだがね」

「へい、朋輩《つれ》にもよく叱られます」

「辰蔵か？」

「へい」

「今後は、ちゃんと首を獲れ。それか確かな証人を連れてこい」

「へ、へい」

目撃者が辰蔵や丑松だけだと証人としては弱いと平八郎は言うのだ。身内や朋輩の証言は常に「手柄を盛っている」との疑いをもたれるからだ。それに茂兵衛が討ち捨てにした兜首の遺体がそのまま放置されることはまずない。「貰い首」という言葉もあるぐらいで、後から来た者が死体から首だけを切り取り、己が手柄とする場合が多いのだ。そんな卑怯な輩《やから》と武功を争い「俺が殺《や》った」「否、討ち取ったのは俺だ」などと論争するのはまっぴらだった。結局、茂兵衛は口を閉ざしてしまい、手柄は他の者が拾う、と——辰蔵が切歯扼腕《せっしやくわん》する所以《ゆえん》である。

「ときに茂兵衛よ」

「へい」

「今度、ワシの隊に一人、騎馬武者がくる。どうしてもワシの組に入りたいらしい。それが、おまんにもかかわりがある男でよ……」

と、ここまで言って、平八郎は急に押し黙った。何事かを考えている。やがて、言葉を継いだ。

「や、おまんには関係ないか……ま、なんでもないら。忘れてくれ」

「へ、へい……？」

奥歯にものが挟まったような言い方だ。平八郎にしては珍しい。

その後、会話は長く途切れた。平八郎は炎を眺めながら、静かに酒を飲むばかりだった。囲炉裏の中で、また薪が爆《は》ぜた。

平八郎が「朋輩への土産《みやげ》に」と一瓶くれた濁酒を持ち、宿営地に戻った。

平八郎の宿舎が掘立小屋であるのだから、茂兵衛ら足軽は当然、それ以下の塒《ねぐら》で寝起きしている。

各自木を切って片屋根の骨組みを作り、そこに枝や木の皮を被せ、即席の寝小屋を作った。小屋の中にはぶ厚く枯草を敷き詰め、莚を何枚も被って眠るのだ。雨が直接当たらないだけで、吹きさらしである。季節は旧暦の二月（新暦の三月）で多少寒さは和《やわ》らいだものの、まだまだ夜には冷え込んだ。

「ふん、野の獣とあんまり変わらん。これで給金が年に三貫文（およそ三十万円）だと？　ここだけの話、うちの殿様は吝《ケチ》だら」

濁酒に酔った辰蔵の不平は至極まっとうなものだが、以前、六栗《むつぐり》領主の夏目次郎左衛門に仕えていたころは年に二貫文（およそ二十万円）だった。辰蔵も同じ金額だったはずだ。決して家康や次郎左衛門が吝嗇《りんしょく》なわけではない。三河《みかわ》全体が貧しいのだ。

それに、足軽でいる限り飯は食わせてもらえる。玄米六合、味噌二勺《しゃく》、塩一勺が毎日ちゃんと支給された。ただ、まとめて渡されることはまずない。金に換えて博打《ばくち》をする者、酒を造ろうとする者が必ず現れるからだ。

「ま、そうかんがえてみりゃ、足軽渡世《とせい》も悪くはねェら」

枯草に寝転んで辰蔵が呟いた。その息が白い。

「ほうだ。飢え死にする心配はねェもんな」

「でも、鉄砲が当たれば死ぬがね」

丑松が心細げに混ぜっ返した。

「飢え死によりはええら……一発で楽に死ねる」

「一発で死ねなかったら？　下腹撃ち抜かれてじわじわ悶《もだ》え死ぬのは嫌だら」

事実、今までそんな悲惨な最期を、ゴマンと見てきた。

「な、丑松、そこは信心だら。俺ァ阿弥陀様にいつも頼んどる。もしも弾ァ当たるときは額に一発でお願いしますとな」

「ハハハ、辰、そりゃええら。俺も頼もう」

「俺もそう頼むら、毎晩称名《しょうみょう》するら、南無阿弥陀仏、南無阿弥陀仏」

かくも雑兵の存在は軽く、そして切ない。


若い侍が一騎、平八郎隊に配属されてきた。

小柄だが、がっちりとした体軀《たいく》の若者で、年齢は茂兵衛と同じか、少し若い印象だ。馬丁と槍持ちと鎧櫃《よろいびつ》担ぎ、三人の従者を連れているところをみれば、それなりに身分のある者なのだろう。

旗本先手役の主力は、五十騎の騎馬武者である。皆、名門の子弟で、その多くは気位が高く、茂兵衛ら足軽を軽んじ、武士とみなしていない。そんな中で、この男はわざわざ茂兵衛に会いに、足軽小屋へと足を運んでくれた。えらく恐縮し、辰蔵や丑松と並んで小腰を屈め、頭を深々と下げた。

——侍は、横山左馬之助《よこやまさまのすけ》と名乗った。

（え、横山？　はて、どこぞで聞いた名だら）

と、感じたのもそのはずで、五年前、茂兵衛が野場城で倒した深溝松平家の重臣《おとな》、横山軍兵衛《ぐんべえ》の遺児なのだという。

「あ、あの横山様の御子息で……」

先日、平八郎が口走り、やがて否定した「おまんにもかかわりのある男」とは、この若者のことであったのだろう。

倒した軍兵衛は三十半ばの壮漢だった。あれから五年が経っている。今生きていれば四十を超えていたかも知れない。この場に、立派な若武者となった倅《せがれ》が現れても不思議はない。

（この人にすれば、俺は間違いなく親の仇《かたき》なのだろうな）

そう思うと、次第に体が硬直していくのが感じられた。呑気な丑松は微笑《ほほえ》んでいるが、辰蔵は微妙な状況に気付いたらしく、ちらちらと不安げに茂兵衛をうかがっている。

「父の最期の様子など、是非聞かせて欲しいと思ってな」

「最期って……」

あのとき、茂兵衛は横山軍兵衛を組み伏せ、馬乗りとなった。

面頬の下の垂が跳ねて白い喉が見え、反射的に刀の切っ先を突き立てたのだ。その後、兜の忍緒《しのびお》を切って、面頬をはずし、実際に死に顔も見ている。首を切りとったのは同僚足軽だったが、高々と掲げられた生首から滴《したた》り落ちる鮮血の朱色が、今も茂兵衛の脳裏から離れない。

「や、別に、お話しするようなことは……ただ、御立派な最期でした」

「立派な最期か……足軽に討たれてもか？」

若者はうつむいたままボソリと呟いた。黒目だけがギロリと動いて、茂兵衛を見た。

「あの……」

言葉を返せず目を伏せた。

この若者は自分を恨んでいるのか？　ひょっとして、仇《かたき》を討とうと考えているのではないか？　茂兵衛は疑心暗鬼になっていた。

茂兵衛の気分を察したか、突然、左馬之助が笑いだした。

「ハハハ、気にするな。戦場でのこと、お互い様よ。お前を親父殿の仇などと思ったことはない。安心せい。遺恨など一切ないわ」

と、若者は言ってくれたが、最前、ほんの一瞬だが茂兵衛を睨んだ目つきは尋常とは言えず、茂兵衛の疑念は晴れなかった。

左馬之助が去った後、辰蔵と丑松に意見を求めた。

「ああ、確かに睨んどったら」

「で、でもあの人、遺恨などないって……」

「たァけ。そりゃ、言葉の上だけだら」

辰蔵が、丑松の能天気《のうてんき》さをたしなめた。

「な、茂兵衛よ。戦場では野郎に近付くな。どさくさで後ろから刺されるど。おまんに死なれたら俺ァ元も子もねェら」

辰蔵が本気で心配してくれた。

二

三月に入ると、すぐに家康は動いた。

天王山砦の南方四町（約四百三十六メートル）にある鼠山《ねずみやま》に本陣を移したのだ。山といっても、天王山と同様の小高い丘である。

天王山から掛川城までは六町（約六百五十四メートル）あったが、新しい本陣はわずか二町（約二百十八メートル）強しか離れていない。大手門は目と鼻の先で、家康はまさに指揮官先頭を体現していた。銃弾が届きそうな最前線に総大将自らが身を置くことで、全軍を鼓舞しようとの狙いである。

家康は勝負に出ることにした。

旗本先手役の本多平八郎隊、榊原康政隊、鳥居元忠隊の三百人を先鋒に押し立てる決心を固めたのだ。最精鋭部隊を先頭に、全軍を挙げて掛川城に押し寄せ、一日で攻め落とす覚悟——まさに総攻撃だ。

今までの家康は、東西三河の国衆を束ねる酒井忠次と石川家成に配慮を見せ、大事な戦場では常に花を持たせてきたところがある。が、掛川城を囲んで早ひと月半になろうとしている。決して酒井隊、石川隊の戦い方が悪かったとは思えないが、東方からじわりと信玄の圧力がかかっている今、背に腹は代えられぬといったところであろうか。

「ここは私《わたくし》を捨て、大義のため、三河のため、ひいてはこの家康のため、明日は心を一つにして掛川城に向かって欲しい」

総攻撃前夜の軍議で、家康は忠次と家成を前にそう訓示した。

同じ夜、平八郎も七十名の寄騎同心衆を一堂に集めたが、訓示めいた話はほとんどなかった。平八郎に言わせれば——

「心を一つに？　死ぬ気で励め？　そんなことは今さら言わんでも、ワシの配下なら足軽小者の端々まで皆分かっとることら」

というところであろうか。

訓示の代わりに明朝の攻撃開始の合図、味方同士の合言葉、そして明日の戦いに関しては軍規として「討ち捨て」が厳命された。敵の首級を獲ることが禁じられたのである。

一同が、低くどよめいた。

茂兵衛の隣で、辰蔵が小さく舌打ちする音が聞こえた。

「ほれ見ろ。首を獲ってる暇があったら、次の敵を倒せということだら」

「ふん。手柄にならん戦《いくさ》かよ。それを世間では、只《ただ》働きと言うら」

そんなことを二人で囁《ささや》きあったのだが、辰蔵はどうしても納得がいかないようである。

ま、ここは難しいところだ。

足軽も侍も、いわば個人事業主だ。手柄を挙げることで、加増されたり、出世したりする。だから将兵は命を懸けて戦う。ところが今回のように、滅私奉公を求められる戦《いくさ》が希《まれ》にあるのだ。

掛川城を落とせずぐずぐずしていると、信玄が動きかねない。だから、明日だけは「滅私奉公で戦ってくれ」と事実上家康は家来に頭を下げているのだ。武田が動き、徳川が敗れると、三河は蹂躙《じゅうりん》され、茂兵衛たちは奉公先を失うか、殺されるかする。目下の主従の利害は一致しているから、少なくとも明日の「討ち捨て」は粛々と実施されるだろう。ただ、こんなことが幾度も続けば、誰も徳川の旗の下では戦わなくなる。

「ん?」

ふと視線を感じて見回すと、横山左馬之助と目が合った。慌てて会釈すると、向こうも頷いてくれた。騎馬武者の中には、足軽の挨拶を無視する者も多いだけに意外に感じられた。

永禄十二年（一五六九）三月五日。

夜明けとともに、徳川方鉄砲隊の斉射《せいしゃ》で攻撃は開始された。法螺《ほら》貝が吹き鳴らされ、各隊が鬨《とき》の声をあげて城に殺到する。

　しかし、肝心の大手門攻撃を任された旗本先手役の諸隊だけは、華々しく突撃することはなかった。数多《あまた》の鉄砲を備えた大手門矢倉と馬出の防御力は別格で、安易な突貫だけでは抜けないと分かっていたからだ。

　幾つも並べた竹束の陰に隠れ、芋虫のようにジワジワと進んだ。

　騎馬武者も馬を下り、徒士《かち》として足軽とともに、黙々と竹束を押している。時折、敵弾が竹束に命中し、煽情《せんじよう》的な音をあげた。

　茂兵衛は鍾馗《しようき》の旗印を掲げ、平八郎の尻について回っていた。二人とも身を低くして竹束陣地の中をあちこち移動する。指揮官の旗印に敵弾は集中するので、茂兵衛は無事でも、鍾馗はかなり被弾していた。つまり、穴だらけになっていたのである。

「ええい糞が。その幟《のぼり》、下ろせ」

　ついに平八郎が癇癪《かんしやく》を起こした。

「まるでワシがズタボロになっておるようで気分が悪い、下ろせ！」

「へい」

　茂兵衛は棹《さお》から幟を外し、折り畳んで肩から斜めにかけた。だが、今は皆竹束の陣地内にいるのだから、平八郎の居所はすぐに知れよう。

が、これがもし乱戦にでもなったら、茂兵衛は万難を排しても指揮官の所在を示す幟を高々と掲げるつもりである。

城からは、竹束を狙って火矢も飛んできたが、今度はこちらも「射られっぱなし」ではない。竹束陣地の中央部に弓足軽が三人居並び、油を滲《し》みこませた布を巻きつけた矢を城内に向け射込み続けているのだ。これは茂兵衛の経験を平八郎が取り上げ、生かしたもので、彼らは、城門上の矢倉を目がけて射るようあらかじめ命ぜられていた。その間、火が燃え広がれば、多くの城兵が持ち場を離れ、消火に努めねばならない。矢倉の守りに隙が生じるはずだ。

ガン。

大きな音がして、思わず茂兵衛は首をすくめた。右隣で竹束を押していた兜武者が、後方へと弾き飛ばされ、仰向けに倒れたのだ。

(殺《や》られたな)

茂兵衛は目を瞑《つぶ》った。

同じ平八郎隊だから、顔も名前もよく知っている男だ。付き合いこそないが、足軽に威張り散らすこともなく、こちらが挨拶をすれば会釈を返してくれた。総じて、感じのいい侍だったのだ。

（ナンマンダブ、ナンマンダブ。成仏して下さい）

茂兵衛は心中で、簡単に念仏を唱えた。従者の幸太が討ち死にしたとき、あの強面《こわもて》の平八郎が称名するのを見た。茂兵衛の中で、それは驚きの光景であって、それ以来、彼自身も何となく、仲間の死に目に遭うと――よほど嫌な奴でもない限り――念仏を唱えることにしている。

ところが、その死んだはずの侍が、また竹束押しの列に復帰したではないか。

「お、小田部《おたべ》様、御無事で？」

驚いて、思わず彼の名を呼んだ。さすがに生き返ったとか、幽霊だとか、そこまでは思っていない。

「じ、祖父《じい》様の星兜《ほしかぶと》に救われたがね」

と、侍が青褪《あおざ》めた顔で吐き捨てた。

「あぁッ、小田部様……そこ、御兜に弾が」

「え、兜に？」

小田部の古風な星兜の正面に、小粒の梅干しでも潰した感じで、鉛と思《おぼ》しき真っ黒い物体が貼りつき、わずかに煙を上げていたのだ。おそらくは敵の銃弾であろう。茂兵衛は潰れた鉛を摘まんでみたが、兜の鋲《びょう》に深く食い込んでいるらしく、外れることはなかった。

「それにしても、命拾いされましたなあ」

「これでもう今日一日は、弾が当たることはあるまいよ」

強運の小田部が、頰を引き攣《つ》らせて笑った。

先月、茂兵衛も辰蔵から同じようなことを言われた。鉄笠と星兜の違いはあるが、生死が紙一重であったところは何一つ違わない。

「いつもならこの辺りで、騎馬武者が出てくるところだら」

馬出の環濠《からぼり》まであと三十間（約五十四メートル）にまで肉迫したとき、辰蔵が呟《つぶや》いた。わずかに首を伸ばして、馬出内部をうかがってみる。

その丸馬出は静まっていた。出撃を控えた荒馬たちが興奮し、地面を踏み鳴らす振動も伝わってこない。

「おらんぞ。馬出の中に肝腎の馬の姿が見えんら」

「今回は、寄せ手の数が多すぎるからかな？」

号令に合わせて竹束を押しながら茂兵衛が応じた。

掛川城の馬出程度の広さだと、騎馬武者が待機できるのは三十騎がせいぜいだろう。旗本先手役三百人の槍衾《やりぶすま》に三十騎で突っ込んでも、勝ち目は薄い。それが分かっているから、端《はな》から虎の子の騎馬隊を出す気がないのだろう。ちなみに、中には曲輪《くるわ》と呼べるほど広大な馬出もある。馬出曲輪や出丸と呼ばれ、それこそ数百、数千の騎馬武者を収容できた。

「馬の代わりに、槍の穂先がぎょうさん見えよるら」

馬出の低い土塁の陰に、出撃を待つ槍部隊がうずくまり、身を隠しているはずだ。槍の穂先ばかりが密集して百本前後、まるで剣山のように見える。

瞬間、その剣山が一斉に揺らめいた。

「で、出てきよるがや！」

丸馬出の土塁の陰から、鬨の声をあげ、槍武者の集団が押し出してきた。鉄笠を被った足軽と兜武者の混成部隊である。

馬出からの突出は虚を衝かれるので、攻め手には大変な脅威であったが、同士討ちを避けるため、敵の鉄砲隊が一時沈黙するのはありがたかった。

攻め手にすれば、竹束の陰から飛び出して突っ込む、絶好の機会とも言える。

果たして、直感に優れ、機を見るに敏《びん》な平八郎の采配が翻った。

「それ、突っ込め！　三河衆の死に様を見せてやれ！」

おうッ。

ただただ撃たれ続け、ひたすら、竹束の陰で耐えるだけの戦いに甘んじていた先手役隊の将兵は、待ちかねたように竹束を飛び越え、槍をかまえて勇躍、敵陣に向け走り始めた。

三

馬出と竹束陣地の中間辺りで、双方入り乱れての乱戦となった。

走る茂兵衛の行く手を遮《さえぎ》るように、敵方の足軽の一人が立ちはだかった。一間半（約二百七十センチ）ほどの使いこまれた持槍を構えている。両鎌の十文字槍だ。壮年の肥満漢で、髭《ひげ》を豊かにたくわえ、それが鬢《びん》の揉み上げと繫がって見えた。

年齢も高く、如何にも動きが鈍そうで、初めはなめてかかったのだが、意外に手強い。槍先の動きに妙な癖がある。横に張り出した両の鎌で、茂兵衛の槍を絡めとり、下にねじ伏せようとするのだ。それも相当な膂力《りょりょく》があり、さすがの茂兵衛も少し泡を喰った。

（ええい、煩《うるさ》い奴だら）

執拗に絡んでくる敵の槍を撥ね上げ、数歩後退し、間合いを十分に取る。ここは仕切りなおしだ。

（髭親父め、なめとるとやられる）

睨みつけると、相手は髭の中でニヤリと笑った。

「ワシが考えとることは、おまんと同じじょ」

戦場でもよく通る、雷のような大音声《だいおんじょう》だ。

「ワシもおまんをデカいだけの若僧と見くびっとったが、なかなかやるら。なめとるとこっちがやられるな、ガハハハハ」

心を読まれているようで不快だったが、ここで憎まれ口を返しては、相手に乗じられる。茂兵衛はもともとさほどに口の立つ方ではない。なにも喋らず、無表情を通した。

「でものう若僧。腕はワシの方がはるかに上だら。年季が違うわ」

と、叫ぶと同時に、顔の辺りを突いてきた。これは陽動だ。反射的に一歩大きく後方へ飛んだところへ、やはり本気の低い突きがきた。

（注文通りだら）

ガシッ。

と、上から叩き、そのまま踏み込んで、下腹の辺りを突いたが、穂先は空を切った。少し間合いが遠かった。

（たァけ、茂兵衛、踏み込みが甘いがね）

また双方、睨み合いとなった。

「おまん、その歳でその腕なら、千石取りも夢ではねェのう。や、羨《うらや》ましいこったら」

（よく喋る野郎だら。なにしろ乗じられたら負けだ。俺は黙っとこう）

「ま、殺すのは忍びねェから、今日のところは見逃してやるら」

ここでなんと、肥満漢は槍を小脇に抱え直し、踵《きびす》を返したのだ。

（お、俺に情けをかけるつもりか！）

一瞬、頭に血が上り、茂兵衛は一歩踏み出した。前のめりになった彼の目に、肥満漢が器用に槍を旋回させる姿が映った――これは、罠だ。

髭親父は振り返りざま、槍の石突を握り横に薙《な》いできた。間合いは十分だったが、相手は槍の尻ぎりぎりを握っているので穂先は十分に茂兵衛まで届く。十文字の鎌が顔に向かい真っすぐ飛んできた。このままだと、あの横に突き出た切っ先が顔に刺さる。しかし、前のめりになっている茂兵衛は俄《にわ》かに後ろへ避けることができない。

（ナンマンダブ）

心中で叫んで、逆に一歩前へと踏み出した。顔を伏せて鉄笠で敵槍の柄を受けた。

ゴンッ。

実際に、頭を金槌《かなづち》で殴られたことはなかったが、おそらくはこんな感じであろう。茂兵衛は打ち倒され、無様に尻もちをついた。形見の槍は、足先三尺（約九十センチ）の地面に転がっている。

（俺も、終わりか）

次の瞬間には髭親父の槍の穂先が、茂兵衛の顔か首か、股座《またぐら》か下腹部に深々と刺し込まれるのだろう。殺《や》り殺《や》られるは戦の常である。それが偶《たま》さか、自分の番が巡ってきただけのことだ。茂兵衛は観念した。

しかし、いくら待っても十文字の穂先は来ない。

顔を上げると、件《くだん》の肥満漢は槍を落として立ち尽くしており、その下腹《したっぱら》には槍が深々と突き刺さっていたのだ。

「た、辰蔵！」

「おう、助太刀だら！」

髭親父は、すでに死相が浮かんだ顔で、茂兵衛を見た。苦痛というより驚愕の表情だ。まさか自分が死ぬ番とは思ってもみなかったのだろう。ただ、ここは戦場である。もし己が運命の先にわずかでも楽観があったのなら、髭親父、まだまだ修業が足りないし、その修業はもう終わる。

辰蔵が槍をグイッと捻ると、髭親父の口から、鼻から、鮮血が溢れ出し、やがてガックリと膝を折り、そのまま仰け反って倒れた。

辰蔵は、まだ息のある肥満漢の腹を足の裏で押さえ、満身の力をこめて槍を引き抜いた。そして小声で「往生せい」と呟くと、首を刺し貫いた。

土の上でボウッと胡座《あぐら》をかいていると、どこからか丑松が現れ「兄《あに》ィ、無事か？」と気遣いながら助け起こしてくれた。

「な、丑よ……幟は？　お頭《かしら》の鍾馗は無事か？」

上役の旗印を預かる指物足軽としての義務感から、回らない頭で弟に訊いた。

「無事もなにも……兄ィ、自分の肩にかけとるが」

「あ、ほうか……ほうだ。俺、ここにかけとったわ」

と、襷《たすき》のように巻きつけた幟に手をやり、感触を確かめて安堵した。

「助かったよ、辰。今回はいかんかと思うたら」

「後ろで見とったが、おまんは人の好《よ》いところがあるからすぐ騙されよる。あの手の古狐は性質《たち》が悪いら。ま、この辰蔵様に命を救ってもらったことを忘れるな」

と、嬉しそうに己が鉄胴の胸を二度叩いた。

「な、あれを見りん」

丑松が指さす方向を見ると、馬出後方の城門矢倉から、煙と火の手が上がっている。弓足軽たちが、しぶとく続けていた火矢による攻撃が奏功し、ようやく城に火が点《つ》いたものと思われた。これを見た城兵たちが一斉に馬出方面へと駆け戻っていく。

「奴らの尻にくっついて走れ！　馬出はすぐそこだら！」

平八郎が鬼神のように左右の寄騎衆を叱咤激励《しったげきれい》している姿が目に入った。

「こら、竹束を持ってこい。馬出の前に積み上げろ！」

馬出へ走って突っ込むのはいいが、馬出自体も環濠と土塁で堅固に守られている。立往生すると敵の標的となるだけだ。どうしても竹束が要る。

茂兵衛は槍を拾うと、平八郎のもとへ駆け寄った。肩から幟を外して広げ、棹にかけようとしたが、肝腎の棹がない。

「たァけ、貸せ！」

棹を捜しておろおろする茂兵衛の姿に焦《じ》れたか、平八郎が鍾馗の幟をひったくった。

銃弾で穴だらけになった旗印を左手に握り、それを高く突き上げ「続け」と一声叫んで走り出す。茂兵衛ら平八郎隊の面々も、お頭に遅れじと後を追った。

「があッ」

すぐ隣を走っていた足軽が被弾し、その場にうずくまった。走りながら振り返って見れば、腹の辺りを押さえている。腹に当たると性質《たち》が悪い。即死はしなくても、後々腹の中で弾はじわじわ腐るから、よほど苦しんで死ぬことになる。その苦しみに耐えきれずに自ら命を絶つ者、朋輩《つれ》に介錯を頼む者など、茂兵衛は悲惨な光景を幾度も見ている。

ほんの十間（約十八メートル）も走れば馬出である。しかし、竹束が揃うまでの間、平八郎隊は遮蔽物のない平地で、城内からの射撃にさらされることとなった。皆、弾が当たる確率を下げるため、身を屈めて体表の面積を少しでも小さくしようと必死だ。

ダン、ダダッ。

と、城内から斉射がきて、数名の武者が悲鳴をあげた。

次第に隊士の数が減っていく。このままでは全滅である。

「環濠の底へ下りろ」

平八郎の判断で一同は環濠に難を逃れようとしたが、皆の足が止まり、思わず息を呑んだ。底に埋められている乱杭の数が明らかに増えているのだ。城兵が夜のうちに埋め増やしたのだろう。勿論、乱杭の先端は鋭く尖らせてある。

（ん？）

ふと殺気を感じて振り返ろうとした刹那、誰かに背中をドンと強く押された。

「やめェ！」

と、一声叫んだ茂兵衛は、環濠の坂を勢いよく転がり落ちた。

乱杭の鋭く削られた先端が顔の前に迫る。必死で体をねじり、かろうじて乱杭と乱杭のちょうど間に頭から突っ込んだ。間一髪――一つ間違えば串刺しになっていたところだ。

「だ、誰だら！」

と、振り返って睨みつけたが、皆こちらを覗き込み「おお、無事か」と喜んでくれている。

(ま、詮索するまでもねェか……皆気が立っとるからな)

敵の鉄砲で撃ちすくめられている最中だ。早く下りろ、ぐずぐずするなと、背中を押されたものに相違ない。横山軍兵衛の遺児、左馬之助の顔がわずかに頭を過《よぎ》ったが、この場では考えないことにした。

後から後から、仲間たちが環濠の坂を滑り下りてくる。

平八郎の見立て通り、環濠の底は死角となっていた。まず城内からは狙えない。馬出の土塁上から石を落とされたり、長柄で突かれたりはするものの、その程度であれば、鎧兜でなんとか凌《しの》ぐことができた。馬出は城門の外にある。貴重な鉄砲はあまり装備していない様子で、その点は助かった。この距離から鉄砲で撃たれたら、どうにもならない。

環濠の上から、ものを引き摺る音が響いてきた。

「よし、竹束がきた。這い上がれ」

竹束が揃い、簡単な陣地が構築されると、平八郎隊の面々は、環濠の底から這い出して竹束の陰に隠れ、ようやく一息入れた。

茂兵衛は平八郎から旗印を返してもらうと、己が槍の口金《くちがね》付近に結《ゆ》わえつけ、それを高々と掲げた。散り散りになっていた平八郎隊は勿論だが、榊原隊や鳥居隊の将兵も鍾馗の幟に吸い寄せられるようにして集まってきた。

竹束の中の兵力が五十を超えると、平八郎は隊を二つに分け、馬出にある二ヶ所の出入口を、同時に攻撃すると言い出した。

「その場で待機。ワシの下知を待て」

平八郎が怒鳴った。

突撃の号令を待つ間、茂兵衛は鍾馗の幟を掲げた槍を支え、竹束に身をもたせ掛け、馬出を囲む土塁上の柵をぼんやりと眺めていた。

(あの髭親父、槍の腕は相当なもんだった。悪知恵も、戦場でわざと敵に背中を見せる糞度胸もあった。それでも身分は足軽……出世とは、なかなか厳しいもんだら)

知らないだけで、自分程度の者は、世間にはゴマンといるのではないか。その中で頭一つ抜きん出て、徒侍《かちざむらい》となる。さらに進んで騎乗の身分となることなど、途方もない夢物語に思えてきた。

「お?」

と、思わず茂兵衛は身を乗り出した。

馬出の土塁の上に立つ柵の一部が、黒く焦げている。

徳川方の火矢が柵の丸太に刺さっているのだが、そのまま立ち消えたらしい。

しかし、横木の一部が炭化しており、横木と丸太を縛りつけている縄は、二ヶ所完全に焼け落ちている。要は、槍の石突で叩けば、横木は簡単に外せるのではあるまいか。横木が外れれば、丸太と丸太の間は一尺半（約四十五センチ）近くあるからすり抜けることは容易だろう。つまり、柵をよじ上らずに、馬出内へと入れるかも知れない。柵を上っているとき、内部から槍で刺されたり、矢を射かけられるのが一番恐ろしいのだ。

「よし、半分はワシに続け！」

平八郎が走り出し、二手に分かれた寄騎衆が鬨の声を上げてそれに続いた。

（お頭たちが出入口を攻めれば、この辺の守りは手薄になる。その隙に付け込めば、馬出の中へ入れるかも知れん）

寄せ手が一人でも二人でも馬出の中に侵入すれば、少なくともその倍以上の城兵で対処せねばならないだろう。その分、平八郎たちが攻める出入口の城兵の数を減らすことができる。

茂兵衛は手早く鍾馗の幟を畳み、走り出そうとする辰蔵に渡した。

「おまんはどうする？」

「ちょっと試してみたいことがある。丑松をたのむら」

そう言って相棒の背中を強く押した。辰蔵はそのまま平八郎の後を追って駆けだした。

辰蔵と丑松は連れて行かない。危険であるし、もし逃げることになっても、茂兵衛一人の方が身軽でいい。

二つに分かれた平八郎隊が、馬出の左右にある出入口に殺到しているのがよく見えた。土煙が上がり、怒号が飛び交っている。

視線を正面の土塁上に戻したが、城兵の姿は見えない。

（よしッ、今だら）

槍を手に、竹束を乗り越えて陣地の外に出て身を低くした。城の中からは撃ってこない。城兵の目は馬出の出入口での攻防に集中しているのだろう。

（ええぞ。ええ具合いだら）

と、ほくそ笑み、環濠の坂を静かに滑り下りた。

四

馬出の環濠は城のそれより浅く、土塁は低い。環濠の底から土塁の上まで、二間（約三・六メートル）ほどか。これが掛川城本体だと五間（約九メートル）もある。勿論、両者とも土塁上には丸太の柵が立てられている。

茂兵衛は音を立てないように注意しながら、土塁をよじ上った。

この時代の城の多くは、まだ石垣を持たない。この掛川城も同様だ。土を盛っただけの土壁は、あまり急峻に造ると崩れてしまう。だからさほど急勾配ではないが、つるつるとよく滑って上りにくかった。手掛かりにならぬよう、夜のうちに城兵が雑草すらも抜いておくのだ。野場城に籠城中は茂兵衛たちも、足軽小頭《こがしら》の下でそれをやらされていた。

茂兵衛は一歩ずつ、ほんの窪《くぼ》みを手掛かりとしながら、慎重に上って行った。

土塁を上りきり、わずかに頭を出して様子をうかがう。馬出内から槍の穂先が突き出されることはなかった。ホッとして上に出ようとした瞬間、左の足首を強く摑まれ、凍りついた。

（誰だら！）

と、首を回してうかがうと——横山左馬之助。背筋がぞっとした。

今ここには茂兵衛と左馬之助の二人しかいない。味方はおろか、敵すらもいない。誰の目もない。茂兵衛は無防備な尻を左馬之助に向けている。もし左馬之助が茂兵衛を殺そうと思うなら、槍なり刀なりで下から突き刺せば、容易《たやす》く確実に、父親の仇を討てるだろう。

「よ、横山様……手をお放し下さい」

「茂兵衛よ。手柄を独り占めするのは狡《ずる》かろう。ワシも連れて参れ、な？」

「へい、では、御一緒に……」

ここでようやく、左馬之助は手を離してくれた。

茂兵衛は土塁の上に這い上がり、左馬之助の手を摑んで引き上げると、傷《いた》んでいる柵の横木を槍の石突で叩き落とした。

出入口で防戦していた城兵の幾人かが茂兵衛と左馬之助に気づき、こちらを指さして大声をあげている。三人の足軽が、小頭らしい侍一人に率いられ、こちらへ向かい走りだした。

茂兵衛は素早く、柵の間から馬出内へと体を入れた。

ところが左馬之助は後に続いてこない。臆したのだろうか。柵の外から茂兵衛を眺めている。否、睨んでいる。面頬の中の目は笑っているようにも、怒っているようにも見えた。

（こいつ、なにを考えとる？　不気味な奴だら）

柵の内外《うちそと》で、しばし無言で対峙した。

「……………」

背後に敵の足音が迫る。左馬之助を相手にしている暇はない。茂兵衛は槍を持ち直して振り返り、敵兵に向かい合った。

「来やがれ！　相手になってやるら！」

と、ヤケクソ気味に吼《ほ》えると、茂兵衛は槍を勢いよく旋回させた。なぜ、わざわざ槍を旋回させたのか？　無論、敵兵へのハッタリである。

多少腕には自信があるが、左馬之助は当てにできないから、小頭と足軽三人を相手にすることになる。最前の髭親父のような強者が一人でも交じっていればとても敵《かな》わない。寄ってたかって突き殺されてしまうだろう。

（まず頭数を減らすことだら）

手始めに、先頭を駆けてきた若い足軽の槍先を叩いた上で、下腹に穂先を突き立てた。すかさず捻り上げ、損傷の範囲を拡大してやった。

悲鳴を上げて若い足軽が倒れると、残りの三人は散開し、茂兵衛をとり囲むようにして槍を構えた。三本の槍に狙われている。ひょっとすると、背後からも左馬之助の槍がもう一筋――生きた心地がしなかった。

「きえいッ」

鋭い気合とともに、小頭が突きを入れてきた。この小頭は桃形兜《ももなり》だけで、面頬をつけていない。そして一際小柄だ。おそらく五尺（約百五十センチ）ないだろう。その代わり、負けん気の強そうな面をしている。

反射的に槍先を上から叩いていなした。

いつもなら、そのまま腰の辺りを突くのだが、今日の相手は三人だ。一人を突き殺している間に、他の二本の穂先が飛んでくる。深追いは禁物だ。

果たして、足軽二人が息を合わせたように突いてきた。腰の辺りにきた一本は上から叩き、顔の辺りにきた一本は首を振ることでかろうじて避けた。

「よ、横山様！」

背後を振り返らず、果たしてそこにいるのかどうかも知れない左馬之助に呼びかけた。

「なんだ？」

——まだ、いた。

「ど、どうして加勢してくれねェんです！」

「分かった。すぐに加勢する」

と、鷹揚《おうよう》な返事が戻ってきたが、背後で左馬之助が動く気配はない。

（よ、横山の野郎は、敵か味方か分からねェ……ならば、こいつからは離れた方がええら）

また、小柄な小頭の突きがきた。槍を摺り上げていなし、そのまま左方に向けて駆けだした。

「待て、こらァ」

三人の城兵が後を追ってくる。

（人の脚力には速い遅いの差がある。こうして俺が走れば、敵は自然と縦長になって追ってくるはずだら！）

と、急に足を止め、振り向きざま、すぐ背後に迫っていた小頭の首を目がけて槍を突き出した。

穂先は見事に小頭の首を貫通した。彼の両眼は大きく見開かれ、茂兵衛を睨みつけている。一瞬の後、傷口と口、鼻からまで夥《おびただ》しい量の鮮血が噴き出した。

（あと二人だら）

そう心中で呟き、素早く小頭から穂先を引き抜くと、足軽二人と対峙した。

「こらァ、おまんらも死にたいんか！　小頭は死んだど！　次はおまんか？　それともおまんか！」

槍先をそれぞれに向けて脅すと、はたして一人は逃げ出した。残るは足軽一人きりだ。

「おまんは逃げんのか？　お袋にもらった命だら、大事にせんかい！」

しかし、この足軽は逃げない。

「最初におまんが殺した足軽は……俺の弟じゃった」

「！」

丑松の顔が浮かんだ。

（おいおい、こいつまで殺すと後味が悪そうだら）

さすがに、兄弟そろって同じ日に、あの世へと送るのは忍びなかった。

（でも、殺《や》らなきゃ、俺の方が殺《や》られる）

目の端に、柵の向こうの左馬之助が踵を返し、環濠の中へ下りていく姿が映った。

（ん？）

見れば、城門が左右に大きく開かれ、五十人ほどの一隊が、馬出へと突出するところだった。城将は、馬出の防衛を先途《せんど》と見たのだろう。これでは平八郎隊に勝ち目は薄い。ぐずぐずしていると、茂兵衛も退路を断たれる。

「死ねッ」

弟の仇討ちに燃える足軽が顔の辺りを突いてきた。虚を衝かれたが、なんとか上体を捻って穂先を避けた。目の前に突き出された槍の太刀打辺りを摑み、脇の下に抱え込んだ。己が槍を捨て、両手で太刀打を摑み、一旦は引き、相手が踏ん張って後方へ体重をかけた刹那、強く押すと、あっけなく足軽は尻もちをついた。

（よかった、殺さんで済む）

と、安堵しながら、倒れた敵の槍を奪い取り、そのまま石突で相手の下腹部を突き、失神させた。

己が槍を拾っていると、五、六人の兜武者がこちらへ向かって走ってくるのが見えた。一人逃げた足軽が注進したのかも知れない。皆、鬼の形相である。

兜武者たちの位置と、侵入口である柵の隙間を見比べた。あの場所まで戻っている暇はない。この場で柵を乗り越え、馬出の外に出よう。

（槍が邪魔だら。柵が上れん）

茂兵衛は親父の形見の槍を、躊躇《ちゅうちょ》なく柵の間から環濠の底へと投げた。身軽になった上で柵をよじ上り始める。柵を上りきり、外側へと跨いだところで兜武者たちが柵の下へ到着、槍先を繰り出してきた。もう猶予はない。

茂兵衛は柵から飛び下り、そのままもんどりうって、環濠の底へと転がり落ちた。乱杭は外部からの侵入者に向けて先を尖らせてある。内側から落ちていく茂兵衛に刺さる心配はなかったが、堅い杭の柄で強《したた》か脇腹を打ち、鎧の胴が肉に食い込んで、しばらく呼吸ができなくなった。

土塁の上から罵声が降ってきた。侵入者を血祭りにあげ損ねた兜武者たちだ。

（土塁からここまで二間《約三・六メートル》はある。兜武者の持槍なら届くまい……お？）

先ほど投げ捨てた、親父の形見の槍が転がっている。身を屈めて槍を拾った茂兵衛の背後から、蜂の羽音のような異音が迫ってきた。振り返った左耳をかすめ、槍の穂先が環濠の壁に深々と突き刺さった。

（しもうた。長柄槍がおったんら）

三間（約五・四メートル）以上もある長柄槍なら、環濠の底にも楽々届く。転がって横へと逃げたいところだが、乱杭があるので難しい。このままでは長柄槍の餌食だ。茂兵衛は素早く馬出側の壁へとはりついた。ここでも長柄槍の穂先は届くが、真下だから、相手は角度的に刺し辛い――こんなところにも、野場城での籠城戦の経験が生きている。

乱杭の間を縫い、壁に沿って横に走った。

何とかして環濠から這い出さねばならないが、壁をよじ上っていると、背中を刺されかねない。

足を止めず、素早く上れる場所を探して環濠内を走り回った。土塁の上からは兜武者たちの怒号が聞こえてくる。しつこく追ってきているのだ。

乱杭に突き刺さったまま事切れている徳川方足軽の遺体が目に入った。

（ナンマンダブ。済まんが、おまんの体を使わせてもらうら）

槍を環濠の外へ放り投げ、遺体の背中を踏み台にし、壁へと取りついた。

ズルッ。

泥壁に草鞋《わらじ》の足が滑ったが、なんとか持ちこたえ、環濠の外へと這い出した。

環濠の外までは、さすがの長柄槍も届かない。後は城内からの銃弾と矢に気をつければよい。形見の槍を拾ってから身を屈め、状況を確認した。

馬出の左右で、平八郎隊の面々が退却しているのが見える。城内から突出してきた新手に手こずり、馬出の攻略を諦めたのだろう。取りあえずの避難所である竹束陣地は、二十間（約三十六メートル）ほど右手だ。

竹束を目指し、できるだけ身を屈めたまま走った。

城内からの銃弾が、一度は鼻の先をかすめ、一度は足元の砂を巻き上げた。

それでも歩を止めず、ようやく竹束の中へと転がり込んだ。

仰向けになった。胴の裾が腰に食い込みかなり痛かったが、そのままにしていた。しばらく息をしていなかったのかも知れない。幾ら息を吸い込んでも楽にならない。頭の中で血の流れる音がドクンドクンと鳴っている。

（ああ、詮無い戦いをしたら）

命からがら、大苦労をした割には、茂兵衛の戦果は今一つであった。

足軽と小頭を一人ずつ倒しただけだ。後味も悪かった。環濠の際《きわ》では背中を押されたし、馬出内に侵入したときには左馬之助に見捨てられた。

（あの野郎……）

と、心中で左馬之助の行動に憤《いきどお》った。

平八郎は、茂兵衛と左馬之助の経緯《いきさつ》を恐らく知っている。このことを報告すべきか、一瞬迷ったが、やめておくことにした。

（お頭は知っていなさる。その上で放っておかれとるんだから、お頭としては、手前ェで解決せよと思ってらっしゃるんだら。ガキがお袋に言い付けるような真似はできねェ。嫌われちまうら）

と、深い溜息を吐《つ》いた。

五

三月五日の城攻めだけで、徳川方は六十人もの死者を出した。瀕死、重傷の者を加えれば、おそらくはその数倍の人数が、たった一日の戦闘で戦力となり得なくなったのだ。これだけの犠牲を出したにも拘らず、結局、城は落ちず終《じま》い。なまじ満を持しての総力戦だっただけに、その夜開かれた軍議では、悲観的な意見が大勢を占めた。このまま力押しで掛川城に挑むのは無謀だというのだ。

平八郎や榊原康政ら、先手役の若い指揮官たちは、拳を振り上げて力攻めを主張したのだが――

「平八、小平太、もうよい。ワシは腹をくった」

との、家康の言葉で軍議の趨勢《すうせい》は決した。

この日を境に、家康は方針を大きく転換させたのだ。掛川城を始めとし、遠江の今川衆を力で屈服させることを諦め、調略策に切り替えたのである。

そのわずか三日後の三月八日、今川氏真麾下《きか》の有力国衆、小倉勝久《おぐらかつひさ》に和睦《わぼく》を申し入れたのをかわきりに、各地の国衆に所領安堵の起請文を乱発、今川方の切り崩しに躍起《やっき》となった。ちなみに、起請文とは社寺の発行する厄除けの護符（牛王《ごおう》宝印《ほういん》）の裏に認《したた》められた誓約書を指す。もし誓約に違背した場合、神仏の罰が当たる旨の神文が添えられていた。

この方針転換には、掛川城が意外に手強いこと、五日の戦いで大苦戦したことの他にも理由があった。信玄である。

昨年の暮れ、家康は秋山虎繁隊が遠江に侵攻している事実を指摘し、約定違反を非難する手紙を駿府の信玄に宛て送っていた。実はその返事が、この正月八日に届いたのだ。内容は遠江侵攻は秋山の独断専行であり、厳しく咎《とが》めた上で即刻兵を退かせる旨が認められていた。

ところが、今はもう三月だ。茂兵衛が発見した秋山隊は、未だに山中を転々としながら野営を続けているという。

「なんたる厚顔、なんたる恥知らず……信玄、不誠実なり」

掛川城攻めの陣中で、家康は激怒したという。

事ここに至っては、信玄の思惑は明白であろう。家康がこれ以上掛川城に手こずるようなら、誓約を反故《ほご》にして駿府を発《た》ち、大井川を渡り、西進しようと考えているのだ。

つまり、家康としては切羽詰まった状態に陥り、悠長に掛川城を囲んでいる暇などなくなった次第だ。

掛川城との一刻も早い和睦が肝要で、それが三河と徳川家の死命を制することになりかねない。

ただ、家康の遠江調略それ自体は順調に推移した。ほどなくして大井川以西の国衆たちは、掛川城の朝比奈泰朝を除いたすべてが、徳川家へ恭順の意を表明したのである。

後は、孤立した掛川城だけだ。

今川氏真と朝比奈泰朝へは、石川家成が使者となり、和議を申し入れた。

徳川家の外交は酒井忠次が担当のはずだが、今回遠江の調略は家成が中心となって実施された。家成は西三河衆を束ねる重臣だが、家康は彼を新たに占領した遠江の旗頭に据えるつもりでいる。西三河衆のまとめは、家成の甥《おい》で、家康に駿府の人質時代から付き従っている数正《かずまさ》にまかせる段取りだ。

「朝比奈の頑固者め、殿からの和議の申し入れを一蹴したそうな」

「あの温厚な日向《ひゅうが》殿が、軍議で『備中《びっちゅう》斬るべし』と叫ばれたとか」

なぞと、平八郎隊の侍衆が喋っているのを茂兵衛は聞いた。ちなみに、日向は石川家成を、備中は朝比奈泰朝を指す。

朝比奈泰朝は天文《てんぶん》七年（一五三八）の生まれ、この正月で三十二歳になった。戦国武将として脂の乗り切った年齢だ。今回、徳川方に寝返った今川衆でさえ、彼のことは口をそろえて「忠義者」「武士の鑑」と褒めちぎる。小まめに陣中を巡り、足軽小者にまで声をかけ、物頭たちとは酒を酌んでは談笑する。城兵の士気を鼓舞するのが上手——ある意味「泥臭い名将」とも言えそうだ。城兵たちもそんな彼の下で死のうと、覚悟を決めて勇戦しているのだろう。その朝比奈が、家康の和議に頑として乗ってこない。

（こりゃ、備中の野郎を始末しないと、埒《らち》は明かねェら）

茂兵衛の着眼は正しかったが、当の朝比奈は堅城の奥、手の出しようがない。

辰蔵が、気になる話を仕入れてきた。

夜明け前、城内の各矢倉を必ず陣羽織姿の武将が訪れるそうな。城兵を激励しては帰っていくそうな。

「ほう、そりゃ奇特なことだがや」

茂兵衛はあまり興味を示さなかった。城兵たちが、心を一つにして戦っていることなど、寄せ手の誰もが感じている。指揮を執《と》る物頭級の者までが、朝から早起きし、各矢倉の兵を鼓舞して回っている——そんな敵の士気の高さを示すような話は、聞きたくもない。

「毎朝必ず、同じ侍がだぞ。しかも陣羽織……きっと名のある武将だら」

「おい、まさかその野郎が、朝比奈備中だとでもいうのかい？」

「あるいは、な？」

辰蔵が、ニヤリと笑った。

「ふん、ま、なくもねェか」

茂兵衛と辰蔵は、翌朝まだ暗いうちから起き出し、籠手《こて》と胴を着け、槍を持った。眠たくて不満タラタラの丑松を促し、掛川城まで歩いて行った。

大手門の前一町（約百九メートル）辺りには、五十人ほどの石川隊が布陣し、警戒に当たっている。足軽風情がゆえなく近づくと、うるさく言われそうだ。迂回して、松林に分け入った。

城の周囲一町半（約百六十四メートル）は、徳川方が城を囲む以前に、あらかじめ城兵により木が伐《か》られていた。攻め手に遮蔽物として使われないための用心である。野場に籠城したとき、茂兵衛たちも城のぐるりの木々を伐採、丸裸にしたものだ。

「都合のええ木はねェかのう」

大手門の矢倉を覗けるほどの高さ、大人三人が座れる枝ぶり、さらには上りやすいことが条件だ。

注文通りの黒松の古木を見つけた。高さは十間（約十八メートル）以上もある大木だが、やや傾斜して伸びており、太い横枝も張っている。さらには、樹皮がひび割れて滑りにくいので、上るのは容易だった。丑松と二人で、地上から三間（約五・四メートル）ほどの幹から伸びた大枝に跨った。矢倉の高さが大体そのぐらいなのだ。辰蔵は、根方で見張り役である。

「見えるか？」

「うん、見えるよ」

城兵が林を伐採していたお陰で、見通しはよく利いた。ただし、如何な丑松の目をもってしても、まだ暗い。

本日は永禄十二年の三月二十五日だ。よく晴れた東の空には、暁月《ぎょうげつ》が浮かんでいる。新暦に直せば、四月十二日か——夜明けは午前五時過ぎである。

「でもよォ」

丑松が心細げに茂兵衛を見た。

「俺ァ、朝比奈様の面ァ知らねェからよォ」

「や、今朝のところは、陣羽織が矢倉に来ることさえ確かめられれば、それでええら」

朝比奈泰朝本人であるか否かの首実検はこの次でいい。徳川方には、寝返った遠江の兵もいる。探せば、朝比奈の顔を見知っている者もいるだろうから、次回はそやつを連れてくる。ただ、朋輩でもない男に、無理を言って頼むのだから、せめて陣羽織が矢倉を訪れる現場ぐらいは、己が目で確認しておきたかった。

ようやく、低い山並みの彼方から朝日が顔を見せた。空の色がどんどん変わっていく。今日も晴天のようだ。

東北の方角に見えている富士が赤く染まって美しい。わずか三間、木に上っただけだが、地上で見たときより、裾野が広く、より大きく見えた。

「兄ィ」

丑松が矢倉を見つめながら、兄の脇腹を指で突いた。

「きた。陣羽織だがや」

「おう」

「あの色は……や、暗くてよう分からん。もう少し明るくなれば……」

「家紋は見えねェか？」

朝比奈家の家紋は左三つ巴である。

「見えねェ。背中を向けてくれねェかなァ。兜も被ってねェし」

陣羽織の形式は自由勝手、規定などなかったが、多くは背中に家紋か、馬印の意匠などが刺繍《ししゅう》されていた。

「でも、意外に若ェ侍だ。三十か、そこいらだら」

泰朝は今年三十二のはずだ。年齢的には符合している。

「背格好は？」

「背格好は……ふ、普通だら」

「普通かい」

少し苛立った。

「あ、髭だ。髭があるら」

「おまん、髭ぐらい……」

「や、強《こわ》い顎髭が生えとる。熊みてェだら」

この時代、口髭を蓄える者は多い。個人を断ずる特徴にはならないが、顎髭はそうそう多くはない。

しばらくして陣羽織は矢倉上から姿を消した。

「丑、ようやった。下りるぞ」

と、弟の肩を叩いた。

鼠山の本陣で、平八郎隊が駐屯する傍らの斜面には、昨年から徳川に降りたばかりの新参者で遠江の国衆久野宗能《くのうむねよし》が小さな陣を敷いていた。同じ遠江者同士なら朝比奈泰朝を知る者もいるだろうと考え、茂兵衛と辰蔵は手分けをして、久野の陣中を歩き回った。

さすがに、旧知の仲という者こそいなかったが、泰朝を戦場で見かけた程度の者は、数多くいた。丑松が見た特徴を伝えると、誰からも「備中殿に相違なし」との返答が戻って来た。

久野隊の意見に意を強くした茂兵衛は、ここまでの経緯を平八郎に報告することにした。平八郎は泰朝を知っていた。

「ワシはまだガキじゃったが、九年前、ともに鷲津砦《わしづ》を攻めた。備中殿は今川勢を率いておられたわ」

桶狭間戦《おけはざまのいくさ》のとき、家康と泰朝は今川方の別動隊として行動をともにした。織田方の鷲津砦を攻め落としたが、そのときの話だろう。

「ただ、もしその陣羽織が本当に備中殿だったとしてだ。おまん、その後、どうするつもりら？」

「狙撃します」

「鉄砲か？」

「へい」

「たァけ、素人臭いことを抜かすな！」

板塀で守られている矢倉上の人物を、下から狙うのは困難だ。木に上れば胸から上は狙えるが、矢倉と同じ高さの木は、城から一町半（約百六十四メートル）以内には存在しないのだ。ちなみに、当時の鉄砲の銃身は無旋条《ノンライフル》の滑腔銃で弾道は不安定。狙って撃てる距離は二十八間（約五十メートル）が精々であった。

「御懸念はよく分かりますら。それが、おるんですがね。狭間筒を使って一町半先を撃ち抜く鉄砲名人が！　俺、知っとるんですわ」

茂兵衛の頭の中には、前主である夏目次郎左衛門の郎党で、今は家宰を務める大久保四郎九郎《おおくぼしろうくろう》の顔が浮かんでいた。野場での籠城戦で苦楽を共にした戦友だ。そして恩人の一人だ。

「後は、幾度か通って、もし家紋が三つ巴なら十中八九は備中守様でしょうから鉄砲でズドンと……」

「たァけ。撃てる者がおるなら、明日にも撃て。家紋の確認などどうでもええ。人違いでなにが困る？　どうせ城の中におる者は皆敵だがや」

「へ、へい」

「備中がおらんようになれば、や、怪我をさせるだけでもええ。この城は必ず落ちる。ま、落ちんまでも、向こうから和睦に応じてくるわ。信玄の野郎が臍《ほぞ》を嚙《か》みよるがね」

「へい」

と、平伏したが、茂兵衛は相手を確認してから撃たせるつもりだ。もし人違いをすれば、泰朝は警戒して矢倉には二度と上らなくなるだろう。

六

夏目次郎左衛門は、三河一向一揆の際、一揆側の有力武将として家康に反旗を翻した。菱池《ひしいけ》湖畔の野場城に、深溝松平家の大軍を引き受け、五ヶ月もの間、籠城戦を展開したのだ。

無論、損得ずくなどではない。一族を挙げての熱心な一向宗門徒であった次郎左衛門は、己が信仰の証として、あえて主家に抗《あらが》っただけだ。

結局、一揆は鎮圧され、野場城も落ちたが、次郎左衛門は家康に許された。六栗の旧領は安堵され、野場城を攻め落とした深溝松平伊忠《これただ》とも和解した。今の夏目党と深溝松平家は、ともに東三河衆の一員として酒井忠次の麾下、轡《くつわ》を並べ戦っている。

久しぶりに井桁に菊の紋章を目にして、茂兵衛の胸に、熱い感情が沸き起こった。まるで故郷か実家にでも帰った懐かしさだ。

「こら、茂兵衛……お前、生きておったか！」

「へい」

感極まり、ただただ平伏する茂兵衛を次郎左衛門は目を細めて迎えてくれた。

図抜けた好人物である次郎左衛門の推挙がなければ、茂兵衛と辰蔵と丑松が足軽の身分のままとはいえ、家康の直臣《じきしん》になることはなかったろう。一向一揆側に立ち、城が落ち、己が運命もどうなるか知れない最中《さなか》、しがない一兵卒の身を案じてくれた旧主に茂兵衛は深い恩義を感じていた。

「よお、茂兵衛……おまん、生きとったか！」

天幕を撥ね上げ、笑顔で入ってきた大久保も、なぜか次郎左衛門と同じ台詞《せりふ》で茂兵衛を迎えてくれた。

（なんだい、同じ台詞じゃねェか……殿様と大久保様、息がピタリと合っとるがや。上手くいっとるらしいのう）

茂兵衛は心底から嬉しかった。

大久保四郎九郎――この正月で三十になった鉄砲名人は、端正な顔に髭を蓄え、夏目家の家宰として、主家のために日々奔走している。

「ほう、備中殿を撃つと申すか」

「へい」

天幕の中、次郎左衛門に頷いてから、大久保に向き直った。

「お撃ちになる足場までは、俺が御案内いたします」

「一町半（約百六十四メートル）なら、風さえなければ的に当てる自信はある。だがな、一町（約百九メートル）を超すと『当てる』だけだら。急所を狙うところまでは無理だがね」

「うちのお頭は、怪我をさせるだけでも城内の士気は下がり、掛川城は和睦に応じてくるだろうと言っておられました」

「ワシもそう思う」

次郎左衛門が頷いた。

「今川氏真殿は城を枕に討死を選ぶ柄ではない。あの城は、備中殿でもっておるのよ。その備中殿が前線で指揮を執れなくなれば、氏真殿は十中八九、和睦を選ぼう。四郎九郎、行って夏目党の意地を見せてやれ」

「ははッ」

と、大久保が次郎左衛門に平伏した。

翌朝未明。闇の中を迎えに行くと、大久保は甲冑《かっちゅう》を着けずに、薄紫の鎧直垂《ひたたれ》姿で天幕から出てきた。手には長大な狭間筒と道具箱を抱えている。

茂兵衛ら三人組も具足下衣《ぐそくしたころも》姿だ。籠手すらはめていない。狙撃の弾が当たろうが、外れようが、事は一発で決まる。本日に限っては、斬った刺したの白兵戦とは無縁なのだから、木に上るのに不便、重くて動きを制限される具足類は塒においてきた。

「よろしくお願い致します」

「うん、案内せい」

三貫（約十一キロ）近くもある狭間筒は茂兵衛が、道具箱は辰蔵が持った。

暗い中を灯りなしで歩いた。城内に無用の警戒をさせないためだ。夜目の利く丑松が先導するので不安はない。

「茂兵衛」

「へい」

大久保が小声で話しかけてきた。

「五年前も、こうして丑松に導かれ、野場の山中を歩いたのう」

野場城内にいる裏切者を捕縛するため、大久保と茂兵衛は矢文の交換現場を押さえるべく、丑松の先導で闇夜の山中を徘徊したのだ。結局、裏切者は乙部八兵衛で、奴の手引きにより野場は落城した。

しばらく黙って歩いた。

「乙部様な……」

「へい」

大久保が乙部に「様」をつけて呼ぶとは意外だった。今は深溝松平の重臣に収まっていると聞くから、大久保から見れば「乙部様」なのだろう。

「よく会うよ。惚けて、面白い男だ」

「へい」

「おまん、まだ恨んでるのか？」

「い、いえ」

かつて岡崎城の足軽長屋を訪れた乙部は、茂兵衛に笹穂槍を返すと「これで終わりにしてくれ」と辛そうに笑った。あのとき、茂兵衛は返事をしなかった。

「どんな経緯があろうと、今は正真正銘のお味方よ。味方の内に敵は作らん方がええがね」

「へい」

左馬之助の顔が少し浮かんだ。左馬之助は茂兵衛を恨み、茂兵衛は乙部を恨んでいる。また沈黙が流れた。最後尾を歩く辰蔵が小さく咳払いをした。


件の老松は、薄明るくなった曇り空を背景に、黒々と聳《そび》えていた。

まず、狭間筒を背負って茂兵衛が上り、次に大久保、最後に丑松が続いた。辰蔵は松の根元に控え、緊急時に備える役割だ。

大久保は太い枝を何本か試し、掛川城とは反対の方向に張り出した大枝に跨った。これなら、狭間筒を城に向けて構えたとき、松の幹で鉄砲を支持できる。

「備中守様……と、思《おぼ》しきお方は、毎朝日の出の前後に各矢倉を回られます」

横の大枝から茂兵衛が話しかけた。丑松はずっと矢倉の方を注視している。

「たァけ。なにが日の出か……今日は曇りだら」

「で、ございますよね」

茂兵衛は頭を掻いた。本当に間が悪い。今日は朝から曇天《どんてん》なのである。

「なに構わんさ。ワシは晴れより、曇りが好きだら」

「なぜ?」

丑松が訊いた。おそらく、曇天好きな人間に初めて会ったのだろう。興味を引かれたのは分かるが、時が時である。茂兵衛は強く睨みつけ、弟の無邪気な好奇心を無慈悲に封じ込めた。

大久保は、狭間筒を脇に挟み、銃口を上に固定した。慎重に黒色火薬と鉛弾を、その順番で銃口に入れるとカルカ(槊杖《さくじょう》)で数回丁寧に突き固めた。

次に、火皿《ひざら》に口薬《くちぐすり》を注ぎ、火蓋《ひぶた》を閉じる。

最後に、火縄箱から燃えている火縄を取り出し、カチリと音がするまで起こした火挟《ひばさみ》に火縄を挿し込んで留めた。もしなにかの間違いで、火縄が落ちても、火皿には火蓋がしてあるので、口薬に引火することはない。今でいう安全装置である。

「よし、いつでもこい!」

と、大久保が自分で自分に気合を入れた。

それからは誰も、なにも喋らなくなった。わずかに風が木々の間を吹き抜ける音がするだけだ。

曇天の空が次第に明るくなってきたころ——

「きた」

丑松が小さく呟いた。見ると、一町半離れた大手門の矢倉上で、人が動く気配がある。談笑している風にも見える。

おもむろに大久保が狭間筒を構えた。

銃身を黒松の幹に託し、揺れを防いでいる。己が右手の親指と人差指を舐《な》め、赤く燃える火縄の先をひょいと摘まんだ。

ジュッ。

消すつもりはないようだ。少し火力を抑えた感じ——なにかの呪《まじな》いでもあろうか。

「兄ィ」

「おう？」

「間違いねェ……三つ巴の紋所が陣羽織の背中にデカデカとついとるら」

「分かった。で、丑松よ」

大久保が茂兵衛に代わって応え、そして訊ねた。

「風向きは分かるか？　城兵の髪の毛の動きなどを見てくれ」

「あまり、風はねェようですら」

「うん、分かった」

大久保は狙いを定めた。銃口はかなり上方を向いている。

片目を閉じることはない。両目を開けたままだ。

大久保は、しばらく黙って照準を合わせていたが、やがて――

「会ったことこそないが、俺は備中のことを嫌いじゃなかった。むしろ、買ってたんだら。敵だから殺すが、酒でも飲んだら、さぞや気分のええ……」

そんなことを一気にブツブツと呟いた後、ドンと発砲した。

(大久保様、なんも変わらねェなァ)

照準時に両眼を開くのも、ブツブツと独り言を言いながら撃つやり方も同じである。野場城のときのままだ。

およそ二呼吸ほどか。

「あ、当たったら！　陣羽織がぶっ倒れたら！」

丑松が大声を上げた。

「よっしゃ！」

松の根方から、辰蔵の雄叫びが響いてきた。

「大久保様、さすがにござい……？」

一瞬、茂兵衛は背中に違和感を覚えた。右肩の辺りだ。痛み——ではない。むしろ熱感だ。ヒリヒリと熱いのだ。

（な、なんだろう？）

具足下衣の中、肌を伝って、なにやら生温かい液体が流れ落ちた。手足から力が抜けていく。眩暈《めまい》がして、激しく動悸がして——茂兵衛は、大枝から滑落した。

「あ、兄ィ！」

落ちながら、丑松の悲鳴を聞いた。ようやく茂兵衛は状況を悟った。

（ああ、俺……撃たれたんら）

ズシンと大きな音がして、茂兵衛の意識は遠のいた。

第三章　姉川《あねがわ》前夜

一

茂兵衛らが跨《またが》っていた大枝は、地面から三間（約五・四メートル）ほどの高さにあった。背後から銃撃を受けて、その大枝から滑り落ちた茂兵衛だったが、運よく下の枝に一度ぶつかったので、地面への直撃は避けられた。生来、体が頑丈にできていたことも幸いし、大きな骨折もなかったのである。ただ、銃弾による傷は軽くなかった。

「ああ、参ったら……」

本陣内の寝小屋で、腹這いになって休みながら、茂兵衛は溜息をもらした。銃撃され、木の枝から落ち、その上、撃った犯人は見つからないときた。まさに踏んだり蹴ったりである。

「ま、しばらく寝とれば治るら」

「兄《あに》ィ、大丈夫か」

あまり自信はなかったが、弟を安心させるためにそう言った。

弾は右肩甲骨の下辺から入り、そのまま肩の肉の内部に留まっている。動かなければさほどには痛まないが、痛み以上に全身の倦怠感が酷い。

本音を言えば——

（まさかこの傷がもとで、死ぬんじゃあるめェな）

と、本気で心配している。

日ごろ、風邪一つひかない頑健な茂兵衛だけに、俄《にわ》かの大患に身も心も動揺し、弱気になっているのかも知れない。それに、銃弾を受け、その傷が元で体が弱り、命を落とした仲間を幾人も見ているのは事実だ。

「おい、茂兵衛……医者だら」

辰蔵が、赤ら顔で四十過ぎの金瘡医《きんそうい》を連れてきた。

金瘡医——矢傷、槍傷、刀傷から鉄砲傷まで、戦場での傷をよろず手当てする従軍外科医だ。その多くは剃髪《ていはつ》した僧体である。もともと金瘡医は、僧侶の手治療から始まったと聞く。赤ら顔の四十男もまた僧侶の姿をしていた。

茂兵衛が具足下衣《ぐそくしたころも》をはだけて傷を見せると、医者は「ふん」と鼻で笑った。

「弾は出とらんのか？」

「見た通りですら」

辰蔵がぞんざいに答えた。身なり風貌からして、身分ある医者ではなさそうだ。自然、辰蔵の言葉遣いにも遠慮がなくなる。

「貫通しておれば治りは早いが……」

「なんとかしておくれよ」

丑松が泣きそうな顔で哀願した。

「手当はしてやる。ただし、銭が要る」

「こら金瘡。人の命がかかっとるんだ。汚ねェこと抜かすな」

辰蔵が怒鳴りつけたが、医者は笑って「ならば、他を当たれ」と腰をあげかけた。

「ええよ……い、幾らだ？」

どうしても傷の手当をして欲しかったので、茂兵衛自身が答えた。

「傷をよく洗い、膠《にかわ》を塗った油紙を張り、麻布で巻いてやる。永楽銭《えいらくせん》なら十文、

「京銭なら四十文だら」

概《おおむ》ね、千円といったところか。

「分かった。やっとくれ」

傷が疼《うず》き、大分辛くなってきたので是非もない。辰蔵が、忌々しげに舌打ちするのが聞こえた。

手当は、四半刻（約三十分）もかからずに終わった。丑松が銭を支払うと、金瘡医は「次の患者が待っている」と言って、逃げるように姿を消した。

「あの野郎、自信がねェもんで、トンズラこきやがったら」

と、辰蔵は腐したが、その後の経過は思いのほか良好だった。翌日には傷の痛みが軽くなり、倦怠感も幾分薄れてきたようだ。

「銭十文は、安かったかも知れんな」

茂兵衛は安堵した。数日も大人しくしていればきっと治る、そんな気分だ。

「兄ィ、よかったなァ」

「おう、俺は不死身よ」

しかし、鉄砲傷というものは、そう簡単ではなかったのである。

その日の夜半から高熱が出た。倦怠感は前にも増して酷くなり、悪寒までするようになって、ガチガチと歯の根も合わない。

「藪め……俺、あの金瘡の野郎を捜してくる」

辰蔵は闇の中へと姿を消した。

「兄ィ、しっかりしとくれ」

「不思議なもんだら。体は燃えるように熱いのに、背中だけ凍るみてェに寒い」

「おっ母が言ってたら。熱が出る前は、寒気がするって」

「たァけ！　もう、熱は出とるがや！」

思わず弟に怒鳴ってしまった。八つ当たりである。さすがに良心が咎《とが》めた。

「す、すまねェ丑松……」

「や、気にせんでええよ。病むと誰も気が立つもんだら……兄ィ、俺ちょっと行ってくるから」

「どこ行くんだら？　そこにおってくれ」

「なに小便だ。すぐに戻るら」

そう言って、丑松までもが闇に消えた。

（糞、どいつもこいつも、病人をおいていなくなりやがる。薄情な奴らだら）

心中で悪態をついているうちに、眠りに落ちた——と、いうよりは体が辛く、疲労困憊《ひろうこんぱい》して、気絶したのかも知れない。

夢の中に、かつて茂兵衛が殴り、結果として死に至らしめた倉蔵《くらぞう》と、彼と恋仲だった上の妹タキが現れた。苦しむ茂兵衛を見て、二人はさも嬉しそうに笑っている。

（タキの野郎、実の兄貴の苦しむ様を笑うとは太《ふて》え奴だ。倉蔵だってよ、お互い棒持って殴り合ったんだ……偶《たま》さか俺の薪《まき》が野郎の頭に当たっただけでよ、俺を恨んだって、なにも……）

「こら、茂兵衛！」

雷が落ちたような怒鳴り声で目が覚めた。

「あ、お頭《かしら》……」

恐縮し、身を起こそうともがく茂兵衛を、平八郎が押しとどめた。

「動くな。そのまま寝とれ」

鎧直垂《よろいひたたれ》姿の平八郎が、長い手足を折り畳むようにして枕元に座り、茂兵衛を見下ろしている。辰蔵と丑松、それに見慣れぬ僧体の男が一人いる。

「朝比奈備中狙撃。功名第一のおまんを死なすわけにはいかんからのう」

鍾馗《しょうき》の生まれ変わりが豪快に笑った。

「お頭、朝比奈は死んだんですかい？」

熱に浮かされた頭に、丑松が「陣羽織が倒れた」と叫んだときの情景が浮かんだ。あの直後だ。茂兵衛が撃たれたのは。

「そりゃ本当のところは分からんが、城内の士気は確実に下がっとる。笑い声一つ聞こえんそうだら。ワシは、備中は死んだと確信しとるがね」

「そ、それは……ようござんした」

自分自身もさることながら、大久保や辰蔵、丑松が褒美を貰えるはずだ。仲間たちの働きが報われる——茂兵衛は嬉しかった。

平八郎をここに連れてきたのは丑松である。立ち番の制止を振り切って平八郎の宿所に飛び込み「兄ィを、助けてくだせェ」と泣きながら土間に額をこすりつけたそうな。

平八郎は、本来なら家康や一部重臣の治療を受け持つ、室井千重《むろいせんじゅう》と名乗る腕利きの金瘡医を同道していた。歳のころは三十少し前だろうか。まだ若い。剃り上げた頭皮に、焚火《たきび》の炎が映り、艶々と輝いてみえた。

「では、拝見しましょう」

具足下衣を脱がされ、千重の診察が始まった。

「油紙を剝《は》がしますぞ。少し痛みます」

「へい、辛抱しますら」

と、歯を食いしばった。

油紙は比較的楽に剝がれ、さしたる痛みはなかった。

「ほう、赤黒く腫れとるな……よほど悪いのか？」

「はい。傷口を塞いだため、膿《うみ》が外へ流れ出ず、体内に溜まって、熱を発しておるのでございます」

千重が、平八郎に説明した。

「厄介なことに、御覧の通り、弾が抜けておりませぬ」

そういえば、一昨日《おとつい》の藪医者も、まず同じことを確認していた。どうも金瘡術上は、そこが要諦《ようてい》となるらしい。

茂兵衛の場合、鉛の弾頭が貫通せず、微量の衣服片を巻き込んで体内に留まっているのが問題だというのだ。体内に異物が残ると、そこから腐敗や化膿がジワジワと進み重篤に陥る。多くは、日ならずして死に至る。今風にいえば敗血症であろうか。

「茂兵衛殿は、血を吐きましたか？」

「いいえ」

茂兵衛より先に辰蔵が答えた。いつの間にか、足軽や小者、果ては若い侍たちまでもが周囲に人垣を作り、仲間の治療を無表情に、だが真剣に見物している。しわぶき一つ聞こえない。彼らにとって他人事《ひとごと》ではないのだ。明日は我が身かも知れないのだから。

「それはいい。血を吐いていないのなら、弾は肺臓には届いていないようです。おそらくは肩の骨に当たって止まったのでしょう」

「で、どう治療する？」

もどかしげに平八郎が訊いた。

「背中から肉を切り開き、銃弾などの異物を取り除きます。よく洗い、膿を出し切りまする。紫根薬《しこんやく》を傷口に塗り、後は安静あるのみ。滋養のつく煎薬などを飲ませながら快復を待ちまする」

紫根薬——多年草ムラサキの根には抗炎症作用、殺菌作用、止血作用が認められ、戦国期の傷治療には不可欠の良剤だった。

「……………」

これから己が身に加えられる治療法を聞き、茂兵衛は愕然となった。恐怖も覚えた。しかし、このまま放置すれば、体内で腐食が進み、死に至るのはほぼ間違いなかろう。生きるためだ。多少の荒治療は耐え忍ぶしかあるまい。

茂兵衛は土器《かわらけ》で温めた焼酎を飲まされ、その後、木簡《もっかん》を小さくしたような木片をくわえさせられた。

「茂兵衛殿、辛かったら、その木片を強くお嚙《か》みなさい。幾分かは、気が紛れましょう」

千重の指示で辰蔵と丑松が、腹這いになって横たわる茂兵衛の両腕を、上から押さえつけた。さらに、野次馬の中から選ばれた屈強な足軽二人が、やはり両脚を押さえた。

「茂兵衛殿、覚悟はよろしいか？」

「へい」

と、答える代わりに頷いた。木片をくわえているので返事ができない。

「では、参る」

千重が逆手に握った刃物の冷たさを背中に感じた。と、同時に、焼ける様な痛みが走った。茂兵衛は呻《うめ》き、もがいたが、辰蔵以下四人の男に押さえ込まれており、身動きはできない。時折、切っ先が骨に触れる音が、幾度かガチリ、ガチリと聞こえた。

「うひゃ……凄ェら」

頭の上で、誰かが呟くのが聞こえた。

おそらくは血膿であろう生温かい流体が、肩から腹の下まで流れ落ちて溜まり、すえた臭いが茂兵衛の鼻を衝いた。

「茂兵衛、膿が流れ出た。もの凄い量だら。これで楽になるがや」

辰蔵が、唸る茂兵衛の耳元で怒鳴った。

「兄ィ、う、動いちゃいかんが！」

と、悲鳴をあげて丑松が後方に弾き跳ばされた。軽量非力な丑松では、茂兵衛の左腕を制圧することは無理だったのだ。

「どけ！　ワシが代わる」

平八郎が左腕の上にのし掛かってきた。今度はまるで石臼でも載せたかのようだ。さすがに、茂兵衛の左腕は動きを止めた。

「よし千重、遠慮のう存分にやれい！」

「ははッ」

千重は短刀を捨て、今は切開した傷口に指を突っこみ、さかんにかき回しているようだ。体の奥に留まった弾頭と衣服片をほじり出そうと奮闘しているのだろう。ただ、体の中を乱暴にかき回されている割には、痛みは継続しない。ずっと痛みが続くわけではないようだ。その分、酷い激痛が間欠的に襲ってきて、茂兵衛を打ちのめした。七度目の激痛に見舞われたとき、遂にくわえていた木片が砕け散った。

「ぐあああああ」

と、叫んだ後、ふと、周囲の音が聞こえなくなった。視界が白い靄《もや》に覆われ、痛みがスッと消えた。体の力が抜けていく。

（お、俺ァ、死ぬのか……）

茂兵衛の意識は遠のいた。

二

四月に入っても、家康は城攻めの手を緩めなかった。

石川隊と旗本先手役を、交互に城門へと攻めかからせたのだ。

「平八、手応えはどうだ？　以前と比べてどうか？」

「明らかに城兵の士気は低うござる。近くで見ると、面頬の奥の武者どもの目が虚ろにございまする」

「ハハハ、そうか、虚ろか」

家康が、さも嬉しそうに笑った。

茂兵衛らが朝比奈備中を狙撃したのは三月の末だ。その日を境に、掛川城兵の士気は低調となっている。無論、朝比奈の生死のほどは、徳川方には分からない。が、平八郎たち前線の将兵が、実際に槍を交えてみて「以前より士気は下がっている」と口をそろえるのだから、城兵が精神的支柱とする備中守は死んだか、或いは大怪我をしたと考えるのが自然だろう。

「御苦労だが、今後も攻め続けてくれ。ワシは城兵の疲れを待ち、和睦を持ち掛けるつもりじゃ」

「ほう、和睦にございまするか？」

「うん。数発、強か《したた》殴りつけた後に、急に優しい声をかける。どうだ、効きそうじゃろ」

「や、我が殿もなかなかの曲者《くせもの》にございますな」

「こら平八、褒めるな。照れるわ」

と、今度は苦く笑った。

茂兵衛は生きていた。

重篤な状態だが、息はしていた。

千重の治療は一応成功したのだが、なにせ背中を大きく切開している。幾ら麻布で巻き締めても、傷口から血膿が溢れ出た。日に二回は麻布を交換し、千重の指示通り、傷口を焼酎で洗わねばならなかった。

千重は、周防国《すおうのくに》でポルトガル人宣教師から西洋医術を学んだ。縫合という概念も知ってはいたが、なまじ早く傷を閉じると、排膿が妨げられるからと、敢えて傷口を縫っていない。よって茂兵衛は、終日腹這いで暮らしていた。

衰弱が酷く、食欲も失《う》せ、千重が処方するドロリとした薬湯を飲むことで、かろうじて命を繋いでいる。

「兄ィ、傷は痛むのかえ？」

寝込んで十日、丑松と辰蔵は献身的に看病してくれた。感謝の言葉もない。今も傍らの焚火で、千重から貰った生薬を煎じてくれている。

「ンにゃ。痛みは大したことねェら。ただ、体がえらいわ」

無論、「えらい」は「辛い」を意味する方言だ。

「兄ィは食わねェからいかん。食わんと治るものも治らねェがや」

「ほうだのう。なるべく食うようにするがね」

できるだけ干飯《ほしいい》と味噌を口に入れるようにした。ただ、まったく味がしない。感じられない。砂を噛むような思いで、ボリボリと硬い米を噛んでいた。

さらに十日もすると、大分人心地がつくようになってきた。背中の膿が止まると、千重が傷口を糸と針で縫合してくれた。

「これで、一山越えたな。後はお主の運と気力次第じゃ」

千重は縫合痕の癒着具合いを確かめながら、機嫌よく茂兵衛に語りかけた。

「精々養生します。室井先生、恩に着ますら」

今回、千重という名医に手当して貰わなければ、おそらく茂兵衛は死んでいただろう。そして、平八郎の口利きがなければ、千重が足軽の手当をすることもなかったはずだ。平八郎に感謝――茂兵衛は深く恩に着た。

「な、茂兵衛殿」

千重が、耳元に口を寄せ囁《ささや》いた。

「お主の肩から取り出した弾だが……ほれ、これよ」

千重の手には、ひしゃげた鉛の塊が握られていた。よく戦場に転がっている鉛弾より、ひと回り大きい。

鉄砲隊が使う、標準的な火縄銃の弾は、二匁《もんめ》（約七・五グラム）か三匁（約十一グラム）ほどだ。ところが、茂兵衛の肩に撃ち込まれた弾は四匁（約十五グラム）もあるという。

「ま、これだけの大きな弾が命中したにしては、お主の肩の傷は軽すぎた」

弾が大きくなればなるほど、被弾した者の怪我は重篤となる。四匁の弾がまともに肩を直撃したにもかかわらず、肺にすら達せず、体内に留まったのは「不思議だ」と千重は言うのだ。

「つまり、どういうことです？」

「よほど遠くから撃ったのか……あるいは、よほど威力の弱い鉄砲から放たれた弾、だとすれば合点がいく」

「威力の弱い鉄砲？」

「うん、例えば……短筒だな」

そう言って名医は意味ありげに頷いてみせた。

「茂兵衛、喜べ」

平八郎に呼ばれて宿所まで行っていた辰蔵が、笑顔で戻ってきた。

「お頭が、俺ら三人は役に立たんから、曳馬《ひくま》城に戻って養生せいと仰せだら」

干飯と味噌しかない戦場の、吹きさらしの中で寝ていては養生にならない。治るものも治らなくなるからと、平八郎が配慮してくれたのだろう。

「ありがたいが……でも、曳馬まで六里（約二十四キロ）と少しある。俺ァそんなに歩けんぞ」

今では、座って飯が食えるまでに快復した茂兵衛が言った。

「心配せんでも、俺が兄ィを背負って行ったるわ」

横から丑松が介入した。

「ありがとうよ。でも、なんぼなんでも無理だら」

植田《うえだ》村にいたころに比べれば、丑松も大分逞《たくま》しくはなっている。だが、体重が十八貫（約六十八キロ）――この一ヶ月で随分と痩《や》せたが、それでも十六貫（六十キロ）はあるであろう茂兵衛を背負って六里の道を往くのは無茶だ。辰蔵と交代しながらでも無理だ。

「ちゃんと駄馬を用意しとるがね」

自慢げに辰蔵が鼻を鳴らした。

「馬になんぞ乗ったことがねェら。もし乗れても、足軽が馬に乗っとったら叱られるがや」

「おまんは人ではねェ。荷駄よ。だから馬にも乗れる。それに薄汚ねェ駄馬だ。誰も文句なんぞいうものかね」

「ほうだ。ほうだ。兄ィは荷駄だ。誰も文句いわんがね」

丑松が辰蔵に同調した。

「ほんじゃ、茂兵衛、早速行こうで」

「え、今からか？」

「ほうだら。早う発《た》たんと日が暮れてまうがや」

六里強なら三刻（約六時間）以上は見ておかねばならない。今が巳《み》の上刻（午前九時ごろ）だから、ま、陽のあるうちにはなんとか着けそうだ。

駄馬は栗毛の老いぼれであった。蹄《ひづめ》から肩までの高さが四尺五寸（約百三十五センチ）で、駄馬にしては大柄だった。以前は軍馬として使役されていたのかも知れない。

さすがに鞍《くら》を置くのは遠慮があって、莚《むしろ》を馬の背に被せ、その上に跨った。轡《くつわ》を辰蔵がとり、三人分の槍を担いだ丑松が後に続いた。

「茂兵衛、どうだら？　塩梅《あんばい》ええか？」

季節は初夏、暑からず寒からず、晴天で気分がいい。辰蔵が上機嫌で馬上の茂兵衛に問いかけた。

「ああ、ええ感じだら」

「おまんも早う、騎乗の身分になれや。このええ感じを忘れるな」

「そ、そうするら」

——とは答えたが、本当は必ずしも「ええ感じ」ではなかったのだ。

老馬の背は肉が薄く、背骨の突起が茂兵衛の股座《またぐら》を容赦なく突いた。それに鐙《あぶみ》がないから、落馬しないためには、脚で馬の胴体を強く締め続けていなければならない。病み上がりの——というより、未だ重病人の茂兵衛は次第に体力を消耗していった。

まだ掛川から二里半（約十キロ）来るか来ないかのうちに、三度目の休憩をとることになった。

「しっかりせい。こんな休んでばかりだと、陽のあるうちに曳馬に着けんぞ」

と、辰蔵は苛立ったが、どうにもこうにも、体が言うことをきいてくれない。

「た、大変だら。えれェ熱が出とるら」

茂兵衛の額に手をやった丑松が大声をあげた。

「ほんまか、どら」

辰蔵が茂兵衛の額を触り「こら酷い」と叫んで立ち上がった。

「ま、まずは水を飲ませにゃ」

「うん」

茂兵衛が、ゴクゴクと喉を鳴らして竹筒の水を飲みおわると、辰蔵が背負い、病人を木陰へと移した。路傍に枝をひろげた樫《かし》の大木の根元に横たわると、少し気分が良くなった。

「どうだら？」

「ああ、人心地ついたわ。もう少し休んだら、行こう」

「あかんて。無理だら」

「や、少し休めば……」

「曳馬まで四里（約十六キロ）もあるら。途中で天竜川も渡らにゃいけん。茂兵衛、おまん、死んでまうがね」

「兄ィ、この辺で宿を探そう。どこぞの百姓家に頼み込んで、納屋にでも泊めてもらうら」

「で、でもよ。遠江《とおとうみ》は去年の暮れまでは今川領だら……三河《みかわ》者と聞いたら、夜中に寝首をかかれやせんか？」

「この辺りは、浅羽治部大夫《あさばじぶのたゆう》様の領地だら。掛川城攻めでは徳川方に寝返って一緒に戦っとるがね、お味方だら」

辰蔵によれば、浅羽治部大夫貞則《さだのり》は、遠江の国人領主である。勿論、治部大夫は僭称《せんしょう》であろうが、確かに今川氏真の重臣だった。家康の遠江侵攻後は、いち早く徳川に寝返ったから、機を見るに敏な男だったのだろう。

浅羽に限らず、えてして新参者は新しい主人に忠誠心を証明しようと頑張るものである。足軽とはいえ、徳川の直臣《じきしん》が領民に殺されたとあっては、信頼が揺らぐから、浅羽は村々に「徳川方と揉めるな」程度の通達は出しているはずだ。その辺の機微に通じて、かつ高飛車に出ることなく、さらには、ちゃんと払うべき銭を支払えば「なに、大丈夫だら」と辰蔵は断言した。

「ま、おまんらに任せるが」

ここは相棒と弟の判断に従うしかなさそうである。

はたして、午後には一軒の百姓家が納屋を開放してくれた。一泊で永楽銭二十文（約二千円）――農具の間で雑魚寝《ざこね》するだけだから結構な値段だ。辰蔵は三日分六十文を前払いで主人に支払った。こういうとき、そつのない辰蔵は頼りになる。

「どうして、こう巧くいくかな？　おまん、仙術でも使うたんか？」

と、不思議がる丑松に、辰蔵が自慢げに話し始めた。

「こつがあるのよ。若い女のおらん家、貧乏な家を当たるのさ」

足軽三人を泊めるとなると、娘や女房に下心を持たれるのが怖い。さらには奪うべき資産があれば、それに目をつけられるのも困る。反対に言えば、老人世帯で守るべき資産もない貧乏家なら、目の前に積まれた永楽銭の誘惑には勝てないはず――これが辰蔵流宿探しのこつであるらしい。

いずれにせよ、藁《わら》を分厚く敷いた寝床と、屋根と壁のある家の中で眠るのは久しぶりである。初めは用心のために辰蔵と丑松が交代で見張りに立とうと話していたのだが、夜になると、三人とも大鼾《おおいびき》で寝込んでしまった。

寝首をかかれることもなく、無事に朝を迎えた。

辰蔵は「念押しだら」と笑って納屋を出ていき、母屋の老夫婦に「なんでも申しつけて下され」と作業の手伝いを申し出た。喜んだ老夫婦から頼まれた水汲みや、薪割りなどを、嫌な顔一つせずにこなしている。

夜には母屋から、粥《かゆ》と干魚、香の物などの温かい食事が差し入れられた。これも辰蔵が老夫婦に取り入った御利益だろう。

「おまんは大したもんだら。人との付き合いが巧い。つくづく尊敬するだら」

丑松が、世辞抜きで辰蔵を褒め称えた。

「それがのう。実は爺さん、婆さんから『養子にならんか』と持ち掛けられ、困っとるのよ」

「えッ、ほんまか？」

「ほんまもほんま。頼りの茂兵衛は出世に興味がねェようだし、ここいらで妥協して、身を固めるのも悪くねェかなァ、と考えねェでもねェわけだら」

そう言って、思わせぶりに茂兵衛の目を覗き込んだ。

「たァけ。おまんの人生だら。好きにしたらええが」

茂兵衛は吐き捨てるようにいうと、粥を腹に流し込んだ。三人は、しばらく黙って飯を食った。

「あ、ほうだ」

また辰蔵が口を開いた。

「薪割りの最中、妙な女を見たぞ」

「女？」

「曳馬城で茂兵衛が手取りにした娘に、よう似とった」

「おう、あの娘か」

名さえ名乗らなかった娘。主家が滅んで、ひたすら死にたがっていた娘。七百文の銭を手に、挨拶もなしに消えた娘——ただ、悪い印象はない。むしろ茂兵衛には、その思い詰めたような表情が好ましく、懐かしくさえあり、幾度かは彼女の夢も見ていた。

娘は、農民のような格好で、数名の百姓女と連れ立って歩いていたそうな。

「た、他人の空似だろ？」

少し呂律《ろれつ》が乱れた。

「や、俺の面を見て、急に踵《きびす》を返した。ありゃ、俺に気づいて逃げたんだら」

その小走りに駆け去る背中が、如何《いか》にも「会いたくない奴に会ってしまった」とでも言いたげで、辰蔵は「あの娘だ」と確信を持ったという。

「ふ〜ん。ま、どうでもええわい」

茂兵衛は無関心を装ったが、内心は大きく違う。心は騒《ざわ》めいていた。できれば、もう一度あの娘に会ってみたい。話をしてみたい。

三

辰蔵は頼りになる相棒だが、御節介で詮索好きなところは苦手だ。その辰蔵の気質が遺憾なく発揮された。

翌日、彼は母屋へと出向き、老夫婦から件《くだん》の娘の身元を、詳細に聞き出してきたのである。

「間違いねェら。元は曳馬城の奥方に仕えておった娘で、名を綾女《あやめ》殿というらしいがね」

「アヤメ？」

莚《むしろ》の上に腹這いで寝たまま、茂兵衛が訊いた。

「綾衣の綾に、女と書くら」

「ア、アヤギヌ？」

茂兵衛と丑松の兄弟が、言い合わせたように訊き返した。

「ほら、絹織物の模様でよ……もう、なんでもええわい。女の名は綾女じゃ、それでええじゃろ」

茂兵衛兄弟の学の無さに辰蔵が焦《じ》れた。

曳馬城主、飯尾連龍の重臣だった父親を早くに亡くした綾女は、連龍の妻である田鶴姫に侍女として仕えた。田鶴姫亡き今は、この地の地侍に嫁《か》した姉の元に身を寄せているそうな。育ちが良く、若く、なかなかの美貌なので、あちこちの地侍や大百姓の家から縁談が舞い込んでいるらしい。

「ふ～ん」

「なんや、その気の抜けたような返事は？」

「や、そうなんかなァと思っただけだら」

「分からんのか、たァけ？　俺ァ、おまんのためにわざわざ調べてきてやったんだら？」

「ほ、ほうか？」

「決まっとろうが……色ボケした男の腑《ふ》抜《ぬ》けた面ァ、見飽きたわ」

「色ボケって、俺のことか？」

「兄ィ、俺ら知ってるよ。曳馬城で、その綾女さんがいなくなってから、兄ィは溜息ばかりついとった」

「……」

敏《さと》い辰蔵ばかりか、少々足りない弟からまで見透かされていたとは不覚であった。ま、溜息云々は心当たりがなくもない。

「ただ、ゆうても詮無いことだら」

「なんでよ？」

「俺はしがない足軽だら。向こうは御城の重臣の娘で、奥方様の侍女……身分が違わあ」

「以前はな。でも、今は違う。今回の朝比奈備中狙撃の御褒美で、おまん、騎乗の身分は兎も角、徒侍《かちざむらい》ぐらいにはしてもらえるら。確実だ。俺が請け合う。そうなりゃおまん、三河遠江の国守様の御旗本だら。この辺の地侍の家の娘なら、釣り合いはとれるら」

「そうはゆうても、今はまだ足軽だ。もし本当に徒にしてもらえたら、そのときは……」

「ふん、そのときはもう他人《ひと》の妻よ！」

「や、あのね……」

辰蔵は、たとえハッタリを利かせてでも「強引に求婚しろ」と迫ったが、茂兵衛には踏ん切りがつかなかった。

「そもそも辰蔵よ。どうしてそこまで俺の尻を突っつく？　俺が誰に惚《ほ》れようが、おまんには、なんの関係もねェことだら」

「たァけ、関係は大ありよ」

辰蔵は、どうしても茂兵衛に出世して貰わねばならない。で、出世の一番の障壁となっているのは、茂兵衛の欲の無さだと睨んでいる。惚れた女子《おなご》を娶《めと》るため、娶った後には、美味《うま》い飯を食わせ、いい着物を着せてやるため、男なら必死になるだろう。茂兵衛に欲を出させる動機付けとして「惚れた女」に期待しているということだ。

「な、なるほど」

「大体おまん、ウジウジと歯切れが悪いわ。戦場での猛々《たけだけ》しさはどこへ捨ててきやがった？」

「皮肉を抜かすな。おまんの毒気が傷に響くわ」

腹這いのまま、痛そうに茂兵衛は呻いたが、実はそれほどには痛まない。傷の痛みより全身の倦怠感の方がよほど辛い。

「ま、俺ァ苦手なんだ」

「なにがよ？」

「お、女よ」

故郷の植田村で、茂兵衛は村人から大層嫌われていた。

父親のいない家庭で、弟妹たちが世間から舐められないようにと必死で鉄拳を振るい、結果、粗暴な少年との評価が定着してしまったのだ。

容貌が特に優れているわけでもない粗暴な嫌われ者が、村の娘たちから好意を持たれるはずもなく、村にいたころに「いい思い」をしたことは一度もなかった。

今年の正月で二十三になったが、足軽仲間に誘われて遊女を買った経験はあっても、堅気の女とは、二人きりで歩いたことすら一度もないのだ。なにを話せば相手が喜ぶのか、どういう冗談をいえば女は笑うのか、今の茂兵衛には見当もつかない。

「そんな俺が無理に求婚しても、恥をかくだけだら」

「なんちゅう情けない男か……おまん、恥をかくのが怖いのか？　やい茂兵衛、見損なったぞ」

辰蔵は呆《あき》れて黙り込んでしまったが、こればかりはどうしようもない。人には得手不得手があるものだ。妙齢の女子より、完全武装の兜《かぶと》武者の方が、よほど茂兵衛には扱いやすく感じられるのだから。

それでも、綾女との縁は切れなかった。

翌朝、近隣の地侍で大野宗助《おおのそうすけ》という者の妻が、従者一人を連れ、茂兵衛を訪ねてきたのだ。聞けばこの女、綾女の実姉であるそうな。

「植田様に命を救われたと、妹から幾度も聞かされました」

富裕な地侍の妻である二十代半ばの女は、茂兵衛の前に両手をつき、深々と頭を下げた。目鼻立ちは妹とよく似て美形だが、年齢なのか、境遇なのか、より穏やかで、ふくよかな印象を受けた。

「肩のお傷が癒えるまで、あばら屋にはございまするが、我が家に御逗留《とうりゅう》いただくわけには参りませんでしょうか」

「まさに、地獄に仏……是非、是非ご厄介になりとうございまする」

茂兵衛が下手な遠慮をせぬうちにと、横から辰蔵が先手を打って答えた。

大野宗助の屋敷は、小川を遡《さかのぼ》った沢の詰めに、小高い山を背にして立っていた。川の両岸は延々と続く農地で、そのすべてが大野家の土地であるらしい。

大野宗助は三十少し前の、小柄で実直そうな男だった。脇差を佩《お》び、侍然としてはいるが、顔はよく陽に焼け、百姓のそれを思わせた。

大野家は、領主浅羽治部大夫に対し、直接の軍役は負っておらず、被官とは言い難い。有事の際に請われて、数名の百姓を引き連れて加勢する、その程度だ。

狭いが丹精込めて造られた庭園のはずれに、方丈（約三メートル四方）の東《あずま》屋《や》が立っており、そこに茂兵衛は寝かされた。

柱は太く、床板はよく磨き上げられて黒光りしていた。屋根の破損が酷く、屋内から月見ができる岡崎城の足軽長屋など比べるべくもない。

三人はこの宿舎に寝泊まりし、朝夕二度の食事は、母屋から粥や干魚などが運ばれた。静かで清潔な宿舎と滋養のある温かい食事、丑松が煎じてくれる千重の薬湯をきちんと服用すれば、茂兵衛の傷も早晩癒えることだろう。

翌朝早く、辰蔵は平八郎にことの顚末《てんまつ》を報告するため掛川へと帰って行ったが、午後になって、下女一人を連れた綾女が、初めて茂兵衛の東屋を訪れた。

茂兵衛は無理に起き上がろうとしたが、綾女に強く止められた。結局、不体裁ではあるが、腹這いのままに言葉を交わすことになった。

「その節は、御挨拶もなしに姿を消しまして、本当に御無礼致しました」

まるで別人だった。

綾女は、桃色の花弁を染め上げた辻ヶ花の小袖に、濃緑色の細帯を締め、腰の前で結んでいた。若さと艶《あで》やかさを感じさせる初夏の装いである。

茂兵衛が知る綾女は、無骨な甲冑《かっちゅう》姿と鎧直垂姿だけだ。初めて会ったときには薙刀《なぎなた》まで持っていた。こうして娘らしい装束で、たおやかに一礼されると、ひどく面映《おもは》ゆく感じた。

茂兵衛は緊張しながらも、こうして養生させてもらいありがたいこと、大野宗助と奥方にくれぐれもよしなに伝えて欲しいこと、などを伝えた。

「義兄《あに》も姉も、ちゃんと御恩返しをなさいと申します。お元気になられるまで、ひと月でも、ふた月でも……一年でも、二年でも御遠慮なく御逗留下さいますように」

と、麗人は深々と頭を下げた。

「兄ィ？」

綾女が母屋へ戻っていった後、丑松が嬉しそうに体を寄せてきた。

「よかったな」

「なにが?」

「綾女さん、ええ感じだら」

「ほ、ほうか?」

「あれはな、兄ィのこと好いとるら」

「まさか」

「や、好いとる。一年でも二年でもおって下さいとゆうたろ? あのとき綾女さんの顔、赤うなっとったがね」

「あ、赤うなっとったか」

腹這いになっていたので茂兵衛には分からなかったが、丑松がそういうなら、本当に赤くなっていたのだろう。

「ほうか……赤うなっとったか」

たったそれだけのことなのだが、茂兵衛は跳び起きて踊り出したい衝動にかられていた。

(綾女殿が……お、俺のことを?)

胸が詰まって息苦しいほどなのに、何故か頬だけは緩んでくる。

(こりゃ、出世せんといかんら。一刻も早う徒侍に、や、騎乗の身分にならに

や。綾女殿に恥ずかしくねェ男にならにゃ）

茂兵衛はすでに、策士辰蔵の術中にどっぷりとはまっていた。

その辰蔵は、掛川から夕方には戻ってきた。

「お頭は、あの通りのお方だら。ゆっくり治せと笑って言ってくれたが、後から数名の侍衆に呼ばれてな」

侍衆とは、平八郎隊に配属されている寄騎たちであろう。騎乗の身分で、多くは名のある家の子息たちだ。

「ほう、侍衆がなんと？」

徳川にとって曳馬城や浅羽村は、この数ヶ月の間に切り取ったばかりの新領地である。そこには必ず、今川恩顧の国衆や地侍などが雌伏しているはずだ。徳川の足軽があまりに図々しく、御大尽気取りで長逗留を決め込むのは、宣撫《せんぶ》工作上不都合であると言われたそうだ。

「図々しくって……御大尽気取りってなんら？」

丑松は口を尖らせたが、おそらくは侍衆の嫉妬や妬みが絡んでいる。茂兵衛は戦場での槍働きが抜群で、隊内では一目置かれる存在だが、足軽の分際で生意気と嫌う者もいる。平八郎のお気に入りで、朝比奈備中狙撃という勲一等の功名まで立てた。茂兵衛を嫌う連中が面白かろうはずはない。

「ま、ここ四日ゆっくりさせて貰ったから、体はもう大分ええ、明日にでも曳馬に向けて発《た》とう」

「兄ィ、無理せん方がええ」

「ありがとよ丑松……でも、今後のことを考えると、侍衆のゆうことには、黙って従っといた方がええ」

「ほうだ。俺も、ここは無理しても曳馬に発つべきだと思うら」

と、辰蔵が同調した。

茂兵衛が倒した敵の首級を獲らないことは有名で、侍衆の間でも「茂兵衛は欲がない」と一定の好感を持たれている。生意気だ、足軽のくせにと虐《いじ》めてくる輩《やから》は、決して多くはないはずだ。今回、大野家を「早々に出ろ」という理不尽な彼らの要求に、茂兵衛が素直に従えば、連中の矛先も鈍るに違いない。

「今後の茂兵衛は侍衆の中で生きるんだ。少しは猫を被っていた方がええら」

「よし決まった。ほんじゃ、明日の朝一で曳馬に発とうや」

茂兵衛が断を下した。

四

茂兵衛らが狙撃した掛川城主、朝比奈泰朝は、死んでこそいなかったものの、大久保の一弾は右肺を貫く深手を与え、籠城戦の指揮を執《と》ることはできなくなった。指揮権は文弱な今川氏真が掌握、城内の士気は下降線を描いている。

この機を逃さず、家康の使者が和睦を申し入れると——呆気なく五月六日に和睦は成立した。続く五月十七日には、遂に開城——掛川城は徳川の軍門に降《くだ》ったのである。

家康は、氏真、泰朝、城兵たちを寛容に扱った。氏真は舅《しゅうと》の北条氏康を頼り、負傷した忠臣泰朝を伴って、小田原《おだわら》へと落ちて行った。これで大井川の西岸の遠江は、おおむね家康の領地となったのである。

永禄《えいろく》十二年閏《うるう》五月——家康は、半年間に及んだ遠江遠征を終えて、岡崎城へと凱旋《がいせん》した。

新領地である遠江の守りは、掛川城に残した石川家成に任せてきた。掛川城とその南方二里半（約十キロ）にある高天神城、界隈の支城とで強固な防衛線を敷き、将来的に大井川を渡って西進してくるであろう信玄に対抗する心づもりだ。家成が担当していた西三河衆の纏《まと》め役は、家成の甥で、家康子飼いの石川数正がその任に当たることとなった。

ここで徳川の軍制が、事実上四つになった。

石川数正の率いる西三河衆。酒井忠次が纏める東三河衆。石川家成が統《す》べる遠江衆。そして家康直属の旗本先手役——四つの軍団が家康を支えていた。

平八郎隊も家康に同道して岡崎凱旋を果たしたが、まだ動けない茂兵衛、茂兵衛の看病をせねばならない丑松と辰蔵は、平八郎の判断により、曳馬城の足軽長屋に残された。

茂兵衛も日常の生活に、辰蔵たちの手を煩《わずら》わせる必要がなくなったのは閏五月の末——気温がどんどん上昇し、汗が吹き出すようになると、血の巡りがよくなったのか、体も動くようになった。今後は、衰えた体力を回復し、筋肉をつけ、実際に戦場へ臨めるだけの自信を取り戻さねばならない。気長に養生と鍛錬を続け、永禄十二年の暮れごろまでには「元の自分に戻っていたい」との目標を立てた。

「ま、慌てることたァねェら」

狭い足軽長屋の一室で、囲炉裏で炙《あぶ》った干魚を齧《かじ》りながら、仲間三人で濁酒《どぶろく》を楽しんでいる。

「ほうとも、お頭が兄ィを曳馬城《ここ》に残したのは『ゆっくり治せ』というお気持ちからだがや」

丑松も、回らぬ頭で、なんとか兄を元気づけようと心を砕いてくれている。総じて、仲間に感謝だ。

「ああ、治すからにはちゃんと治すさ。戦場でお頭や家康公《とのさま》に迷惑をかけるわけにはいかんからな」

「ほうだ」

「ほうだら」

若い三人は互いに頷きあった。

「それにしてもよ」

濁酒が底をついたころ、少々酩酊した辰蔵が朦朧《もうろう》とした目で覗き込んできた。

「結局、誰が短筒でおまんを撃ったんら？」

「そんなこと、知るかい」

「兄ィは気にならんのか？」

「気にしても仕方なかろうよ。どうせ分からねェんだ」

茂兵衛を狙撃した犯人を捜すことは、三人の中では微妙な話題であった。

あの朝、付近には石川隊がいた。辰蔵がツテを頼って訊ねて回ったのだが、やはり犯人は見つからなかったのだ。

「おまんが嫌な顔をするから、俺も丑松も遠慮しとるが、どこぞにおることがハッキリとしたおまんの敵を、見極めないでどうする？　なにも捜し出して俺らで成敗しようとまではゆうておらん。お頭に申し上げて、後はお頭の判断にお任せする。それだけじゃ」

一応、辰蔵の意見は道理にかなっている。傍らでは丑松が、珍しく辰蔵に賛意を表し、さかんに頷いている。

「大体、あの時、おまんは松の根方におったんだら。おまんが一番に気付きそうなもんだら」

「たァけ。大久保様の狙撃が気になって、それどころではなかったわい」

茂兵衛は、大きく息を吐いた。

「ただ、俺らが幾ら話し合っても、結局は、横山左馬之助が怪しいで終わりになるがや。時間の無駄だら」

　左馬之助に対する茂兵衛の感情は複雑だ。父親を殺し、その結果、横山家の名誉を傷つけてしまったのは、紛れもなく自分なのだから。

「そんなことあるかい。ちゃんと筋道をつけながら考えるさ。左馬之助ありきではねェら」

　と、前置きしてから辰蔵は犯人捜しを開始した。

「まずな、敵の弾ということはあり得ねェ」

「なんで？」

　そもそもあのとき、茂兵衛は掛川城の矢倉を見つめていた。その背中側に当たったのだから、弾は確かに背後から飛んできたのだ。

「敵が後方に回り込むこともある」

「籠城中の城を抜け出してか？　なんのために？」

「さあ、そこまでは知らんわい」

「もし敵なら、狭間筒で城内を狙撃しようとしている立派な侍の大久保様を撃つだろうさ。わざわざ足軽風情を狙うか？」

「大久保様を狙ったが、短筒は狙いがつけにくい。弾が逸れてたまたま俺に当たったとも考えられる」

「茂兵衛よ。おまんどうして、敵が撃ち損ねたとか、そんな無理筋を通してまで左馬之助をかばう？」

「や、かばうつもりはねェら。ただ、そういうこともあると……」

「たァけ！　おまんを撃ったのは、左馬之助の野郎に相違ないがや！」

結局、短絡な結論になってしまった。

「兄ィ、俺も今回ばかりは辰蔵が正しいと思うよ。一度、左馬之助に、短筒を持っているかどうか確かめてみりん」

「たァけ。訊いて正直に答える相手かい」

「ええか辰蔵、丑松……よう考えろ。左馬之助は騎乗の身分だら。由緒正しき侍だら。ゆくゆくは深溝松平家の重臣になるお方だら……対して俺らは何者だ？」

「おう足軽だら。だから、なによ！」

辰蔵の目がつり上がった。

百姓あがりの足軽――それも数年前は一揆側にいた裏切者――の告発など誰がとりあってくれるだろう。反対に「下郎の分際で無礼な奴」と袋叩きの目に遭うのがおちだ。平八郎にも迷惑がかかるだろう。

「この話はもう終わりだら。誰が撃ったか知らんし、知ろうとも思わん」
と、茂兵衛は癇癪《かんしゃく》を起こしながら議論を締めた。

夏の終わりごろ、茂兵衛の足軽長屋に、岡崎城の平八郎から書状が届いた。五年ほど平八郎の下にいるが、傍らで見ていて一つ感心したことがある。字が格段に上手くなったのだ。

当初は茂兵衛とどっちもどっちで、蚯蚓《みみず》がのたくったような文字だったが、今は違う。一騎駆けの端武者から一方の大将に抜擢《ばってき》され、武将として恥ずかしくないようにと文字を猛練習したのだ。無学な茂兵衛が眺める分には、どこぞの高僧が認《したた》めた書と区別がつかないほどの達筆である。短気で粗暴な平八郎だが、それを補って余りある人間的な魅力に溢れていた。

ちなみに、平八郎の頑張りに煽られて、二年前から茂兵衛も習字を始めている。まだまだ志半ばだが、一応手紙を出しても大恥はかかない程度にはなった。

平八郎からの手紙の内容は、吉報であった。

茂兵衛は、掛川城攻略時の戦功――朝比奈泰朝狙撃の立案、指揮――を評価され、足軽身分から徒侍への昇進が内定した由。正式に発令されるのは「後日、吉日を待って」ということらしい。

「吉日って何時《いつ》ら？　早う徒侍にしてくれや」

と、辰蔵は不満顔だが、ま、果報は寝て待つことにしよう。

また、大久保四郎九郎にも主人の夏目次郎左衛門を通じて、厚い褒賞が与えられた由。

「そりゃ、よかった」

思わず声が出た。これで大久保にも義理が立つ。

茂兵衛は「自分だけが出世してすまない」と辰蔵を気遣ったが「おまんが出世したら、俺を引き立ててくれる約束だから構わん」と、我がことのように喜んでくれた。

茂兵衛は、浅羽村の綾女に手紙を書いた。

実は、ここ曳馬城下で今、亡き田鶴姫の供養塔を建てる話が持ち上がっているらしいのだ。

田鶴姫は美しい上に賢く、領民たちからも広く敬愛されていた。落城に伴い非業の死を遂げたことにも、領民は同情を寄せていた。更には、敵方であった徳川までもが、供養塔の建立に賛成していると聞く。徳川としては、前領主の奥方の菩提《ぼだい》を懇《ねんご》ろに弔《とむら》うことが、宣撫工作上も有効と判断しているらしい。

田鶴姫は、綾女が仕えた主だ。その供養塔の話を伝えれば、きっと彼女は喜んでくれるに違いない、そう考え、精魂込めて文字を認めた。

数日後、綾女から返書が届いた。

供養塔の件を、すでに綾女は知っていた。話のまとめ役となっている曳馬の富裕な農民から綾女に「塚守になってはくれないか」との依頼を受けているという。田鶴姫侍女団唯一の生き残りである綾女なら、亡き姫の菩提を弔うには最適任者であろう。彼女自身も、塚守になることを望んでいると手紙にはあった。

——それだけ。

綾女の手紙は、用件だけを淡々と伝え、終わっていた。

茂兵衛は用件の他に、曳馬での暮らしのことなどを細々と手紙に書いていた。なにか綾女が反応してくれるはず、と期待していたから、少し拍子抜けした。

「おまんは、女子を知らんな」

囲炉裏端で辰蔵が笑った。

「たァけ。偉そうに抜かすな！」

「要は、恥じらいよ。気になる男から優しい手紙が届く。嬉し恥ずかし……それが堅気の女子よ。浮かれて長々と返事を書くような女子は尻軽だら」

「ほ、ほうかな？」

「嘘だと思うなら、また手紙を書いて送るだら。今度は長い返事が来よるど」

「ほ、ほうかな」

一端、女に懸想《けそう》すると、ここまでモノの判断がつかなくなるものかと、茂兵衛は己自身を情けなく、また興味深くも感じていた。

五

翌永禄十三年（一五七〇）になると茂兵衛も曳馬城を引き払い、岡崎城に帰還した。

田鶴姫の供養塔が完成し、綾女が曳馬に来るのと入れ違いになってしまったのは残念だったが、そのことを含め、幾度か彼女に手紙を書き送った。ただ、綾女からの返事は一切なかった。辰蔵は「心配は要らん」と笑うが、茂兵衛の心は悲鳴をあげていた。

（なぜ、返事もくれんのだろう。俺が馴《な》れ馴れしくし過ぎたのかも。足軽風情が色男気取りで幾度も手紙を送ったり……嫌われたんかなァ）

なぞと不安ばかりが募り、眠れぬ夜を過ごした。

茂兵衛の身分は元の通りで、旗本先手役本多平八郎麾下《きか》の同心――つまり、足軽のままである。

「侍にしてもらえる約束は、どうなったんら？」

と、例によって辰蔵は苛立ったが、岡崎城内はそれどころではなかったのだ。

出陣の準備に大童《おおわらわ》であった。

織田信長が越前《えちぜん》の朝倉義景《あさくらよしかげ》を討つ腹を固めたのだ。侵攻予定は四月。義弟になる北近江《きたおうみ》の浅井長政《あざいながまさ》に先導させ、一気に本拠地一乗谷《いちじょうだに》を落とす絵図を描いている。

当然、同盟国である家康の元にも信長からの援軍要請がきていた。

本来ならば、戦略目標である対信玄戦に全力を傾けたいところだが、猜疑《さいぎ》心の強い信長の依頼を無下に断るのもまた怖い。

織田と徳川が同盟を結んだ永禄五年（一五六二）当時、信長も家康も己が領国支配すらままならない若手の戦国大名同士だったのだ。彼我の力量差はそれほど大きくなく、同盟はほぼ対等なものだった。ところが八年経った現在、信長は八ヶ国二百四十万石の大守となっている。対して家康は三河に新領地の遠江を足しても六十万石ほど——四倍の力量差がついてしまった。最早、対等な同盟とは言いがたいのが現実だ。

家康は表面上、助太刀を快諾した上で、率いる人数を五千ほどに抑えることにした。

このころの徳川の総動員能力は、一万五千人前後であったから、三分の一だけを北陸に連れて行き、残りの一万人は武田への備えとして、三河や遠江に配置しておくことにしたのだ。

勿論、先手役の平八郎隊は家康に同道するが、平八郎は、あえて茂兵衛ら三人を岡崎城留守番組に編入した。

「お頭、それがしも是非お連れ下さい」

初めて「それがし」との一人称を使ってみた。ほどなく侍に取り立てられるのだろうし、いつまでも「俺」ではなかろうと思ったからだ。平八郎は、一瞬怪訝《けげん》な顔をしかけたが、そのまま普通に応対してくれた。

「茂兵衛よ。今少し、槍の勘が戻ってからにせえ」

「や、もうやれますら」

「たァけ、慌てるな。もう二貫（七・五キロ）肥えるまでは連れていかん」

「に、二貫も……」

体重はほぼ元の通りに戻っているはずだ。この上二貫太れば明らかに肥えすぎで、体さばきが悪くなろう。それが分からぬ平八郎ではない。

「北陸の兵は手強いで、今のおまんでは死にに行くようなもんら。ええ鴨だら」

と、平八郎が笑った。

体力は元に戻っても、戦場での槍の勝負は、微妙な勘所が勝敗を決する。こればかりは、平時の鍛錬だけではどうにもならない。命を懸けた戦場でのみ培《つちか》われる勝負勘だ。平八郎としては、北陸の雄、朝倉義景との戦いに、戦場から離れて久しく、勘が鈍っているであろう茂兵衛を、従軍させる気にはならなかったのだろう。

平八郎たちが北陸へ向けて出発すると、急に岡崎城内は静かになった。

茂兵衛ら三人は、安藤《あんどう》という足軽小頭の下に配属され、岡崎城大手門の警護についた。

往時の岡崎城には天守閣がなかった。石垣もない。ただ、矢作川《やはぎ》の支流である乙川《おと》の水を巧みに引き入れて水濠《みずぼり》となし、高く盛り上げた土塁の上に櫓《やぐら》を連ね、防御力を強化していた。各曲輪《くるわ》には隅櫓《すみやぐら》が高くそびえ、四方に睨みを利かせている。平城だが、総じて堅城といえた。

茂兵衛らが護る大手門は矢倉門だが、江戸期のそれほど華麗ではない。門の上に板葺《ぶ》きの小屋のような矢倉がドンと載っているだけ。実用本位で、少々不格好でさえある。ただし、門前には馬出《うまだし》曲輪が設《しつら》えてあり、掛川城で茂兵衛たちが往生したように、攻城側を手こずらせるはずだ。

「植田よ。四人ずつ三交代で門番に立て。休むときは門の近くで、呼べば聞こえる範囲で休むように。ええな？」

「へいッ」

安藤は還暦過ぎの老武者で、耳が遠く、腰と膝に持病を抱えていた。長い外仕事は体に応えるらしく、十二人いる足軽を事実上茂兵衛が束ね、指揮する形となった。

足軽小頭は一応、正規の侍である。身分は徒士で馬には乗れない。ただし、当世具足に小具足を着用、重武装で戦に臨んだ。鉄笠と胴と籠手《こて》だけ——裸同然で戦う茂兵衛ら足軽より、生存率はうんと高くなる。

「植田殿？」

大手門上の矢倉内に詰めていた茂兵衛に、後輩足軽が声をかけた。

「横山様が下に来ておられます。茂兵衛を呼べって」

「横山って、左馬之助様か？」

「へい」

なぜか左馬之助も岡崎城留守番組なのだ。病人や年寄が多い留守番組の中で、若く元気な左馬之助の存在は、少し奇異に感じられた。辰蔵が仕入れてきた情報によれば、左馬之助自ら留守番組に志願したらしい。

「な、どうだら？　大将、機嫌が悪い風か？」

「や、普通ですら」

「妙なお人だら。元気なら、越前に行って手柄でも立てりゃええのにのう？」

「ほ、ほうですね」

若い足軽は、困ったような笑顔を返した。

「よお、茂兵衛」

「へい、なんぞ御用で？」

と、普通に小腰をかがめたが、左馬之助のいで立ちを見た瞬間から、少々身構えている。左馬之助は甲冑を着込んでいたのだ。

平時の侍は小袖に袴、肩衣《かたぎぬ》を着用するものだ——それが甲冑とは。

さすがに兜は被っておらず、面頬も垂もないが、それでも槍を持ち、当世具足に小具足を着用していた。重武装といえる。

対する茂兵衛も、門番のお役目中であり、具足下衣に籠手と胴をつけ、戦場とほぼ同じ格好だ。やはりこちらも鉄笠は被っていない。

「体の具合はどうだ？」

「へい、お陰様で。この通り元気になりました」

「お前を撃ったのはワシだと、方々で言って回ってるそうだのう」

「そ、そんなこと、金輪際申しておりませんら」

さすがに慌てた。茂兵衛自身はそんなことを口にした覚えはない。しかし、辰蔵は分からない。吹聴しているかも知れない。丑松も怪しい。

「お前、本気でワシが撃ったと思っとるのか？」

「いえ、思っとりません」

ここで左馬之助は笑顔を見せた。

「実はな……撃ったのはワシよ」

「ご、御冗談を」

茂兵衛と左馬之助は、しばらく無言で睨み合った。

「おい茂兵衛、槍を持って参れ」

「なぜでございます？　まさか果たし合いでもなさるお積もりで？」

「違う。後学のため、鍛錬のため、一度手合わせをしてもらいたいだけじゃ」

「はあ……」

当惑していた。

（鍛錬、手合わせ……にしては武装が厳重すぎやしねェか？）

この時代、練習用の木槍《もくやり》などは存在しない。槍の鍛錬は素振り、空突きを延々と繰り返すのみだ。立ち合いとなれば、たとえ練習でも、本物の槍を使うしかない。無論、鞘《さや》は外さないが、強く突けば鞘は割れ、刀身が露出することもある。総じて、命のかかる危険な試合となりがちなのだ。

「それがし、お役目中にございますれば……」

「それがし、だと？　それはお前のことか？」

左馬之助は半笑いになっている。足軽風情が、武士のような一人称を使うのが滑稽だとでも言わんばかりだ。これは明らかに喧嘩を売っているのだろう。ここで誘いに乗ってはいけない。冷静に、冷静に。

「小頭の安藤様に叱られますので……持ち場に戻ります」

一礼して立ち去りかけたが、槍の柄が伸びてきて、茂兵衛の動きを止めた。

「殺し合おうというわけではない。槍の鍛錬じゃ。手合わせじゃ。頼む、この通りだ」

左馬之助は深々と頭を下げた。上士が足軽に、人の目もあろうに——茂兵衛としては、退くに退けなくなった。

「分かりました。槍を持って参ります」

と、応えながら心中で考えた。

(鍛錬のための立ち合いとはいえ、奴は俺を殺しに来るかも知れねェ。そうなったら俺も手加減はできねェら。本気でいくわな。ま、腕は俺の方が上だろうさ。でも若い侍を足軽が突いて、怪我でもさせたら只《ただ》じゃすまねェだろうなァ)

茂兵衛は左馬之助を待たせ、矢倉に上った。

様子を見守っていた若い足軽たちが寄ってきた。

「どうしましたんら？」

「あの侍、難癖でもつけてきたんですかい？」

――興味津々だ。左馬之助の父親を殺したのが、茂兵衛であることを知らぬ者はいない。

「や、なんでもねェら」

「なんでもねェって……植田殿、顔色が真っ青ですぜ」

「ああ、ほうかい」

と、返したとき、馬出曲輪の土塁の上を何かがスッと横切った。二尺（約六十センチ）ほどの薄茶色の獣――狐か狸であったろう。ここで知恵が湧いた。

「ああっ、おい、おまんら見たか？　馬出曲輪の土手でなにやら動いたぞ？」

「はあ？」

「もしや武田の乱波が紛れ込んだのやも知れん。それがし、見て参る。各々、大手門の守りを固め、油断めさるな」

と、叫んで、呆気にとられる同僚たちを尻目に、矢倉から飛び下り、そのまま走って左馬之助から逃走した。

第四章　姉川《あねがわ》の夏

一

永禄《えいろく》十三年（一五七〇）が、元亀《げんき》元年へと改元されたのは、四月二十三日である。

この改元については、信長と将軍足利義昭との間で暗闘があり、信長は改元に反対したらしい。将軍権威の復活を目指す義昭は、信長が朝倉攻めに出陣した間隙をぬって、元亀への改元を強行したとされる。

改元の三日後、四月の二十六日、越前敦賀《えちぜんつるが》の金ケ崎《かねさき》城内には――

「八郎右衛門《はちろうえもん》！　その儀、虚説たるべし」

との、信長の怒号が響いていた。

家康も光秀《みつひで》も秀吉《ひでよし》も、居並ぶ諸将は誰もが目を伏せ、信長を見ようとはしなかった。狐狸妖怪の類《たぐい》とも評される老獪《ろうかい》な松永久秀《まつながひさひで》が、使番《つかいばん》などではなく、あえて五十歳に近い筆頭家老奥田《おくだ》八郎右衛門を使者に起用したところにも、ことの重大さと、久秀の動揺ぶりがしのばれた。奥田は改めて平伏し「恐れながら、確たる証《あかし》がございまする」と呻吟《しんぎん》した。

信長の妹婿、浅井長政の裏切りは、どうやら事実のようだ。

越前の朝倉義景を討つはずが、退路を浅井勢に押さえられては、織田徳川の連合軍三万は、まさに袋の鼠《ねずみ》である。

「や、虚説たるべし」

小声で幾度も呟きながら、いらいらと信長が往き来する度に、金ヶ崎城の大溜りの板敷は、ギシギシと悲鳴をあげた。ふと信長が歩を止め、チラと家康をうかがった——否、これは睨みつけられたのだ。

それに気づいた家康の方も、信長を見つめ返し、背筋を伸ばし、周囲には気づかれぬほどだが目礼してみせた。

おそらく、信長が家康を睨んだのは「お前は、裏切るなよ」と牽制する猜疑心《さいぎしん》の表れだったろう。少なくとも家康はそう受け取った。

そもそも信長には仲間がいない。朋《とも》がいない。家来の他は、四方八方が敵ばかりだ。

孤独な信長にとって、例外と呼べるのが「二人の弟分たち」であった。

三河《みかわ》の徳川家康と北近江《きたおうみ》の浅井長政だ。

信長と家康は、童のころからの長い付き合いだし、長政は妹お市《いち》の連れ合いである。二人は武勇に優れ、有能で、それでいて義理堅い正直者との愛すべき共通点を持っていた。

その義理堅いはずの長政が裏切った。

信長は二人の能力と人柄を愛し、実の弟にもなぞらえていただけに、今回の裏切りには、よほどの衝撃を受けたことだろう。

「あの鼬《いたち》めが……かぶっておった善人の仮面を脱ぎ捨てておったか！」

と、信長は長政を罵《ののし》ったが、これは著《いちじる》しく公正を欠いた見方である。今回の裏切りの究極にあるものは、長政の義理堅さに他ならないからだ。

越前朝倉家と北近江浅井家、両家の紐帯《ちゅうたい》は深い。

離合集散の激しい戦国の世で、祖父の代から一貫して共闘を続けてきた同志である。この度、その関係の深さを無視、浅井家に配慮を見せることなく一方的に信長は越前へと大軍を入れた。

立場を失くした長政は、朝倉家への義理をたて、損得抜きで恐ろしい義兄に反旗を翻したのだ。いわば長政は、信長好みの律儀さを発揮することで、結果的に信長を裏切ったことになる。皮肉なものだ。

その点、家康の善良さはもう少し生臭い。

駿府《すんぷ》で送った辛い少年時代から学んだことは多く、すでに己が本心を糊塗《とと》し、善人として振る舞うことで、敵の出現を最小限に抑える術《すべ》を体得している。今回もし長政と家康の立場が逆であったなら——家康は、信長の袴にすがり泣いて諫《いさ》めることはしても、最後は悄然《しょうぜん》として朝倉攻めにつき従ったのではあるまいか。そして平八郎たちを督励《とくれい》し、赫々《かくかく》たる武勲をもって朝倉を打ち負かした後には、真面目な顔で信長と掛け合い、朝倉義景の助命嘆願に奔走したのではあるまいか。義理堅い正直者との名声を失墜させずに、同時に信長の期待にも応えていく。あわよくば己が領地を増やす。このときまだ三十にもならない家康という男は、良くも悪くもそういう腹に一物を——

「え？」

何事かを信長が叫んだ。

どうやら「是非もなし」と、お気に入りの台詞《せりふ》を怒鳴ったようだ。

猩々緋《しょうじょうひ》の陣羽織の背中はもう歩き始めている。数名の側近が慌しく後に従い、居並ぶ諸将たちが叩頭したので、家康もこれに倣った。

現在唯一の同盟者であるはずの家康に一言も諮《はか》ることなく、了解を得ることもなく、即日の撤退が決まったらしい。

家康が、溜息とともに顔を上げると、赤黒く陽に焼けた物売りのような小男と目が合った。小男は家康に莞爾《かんじ》と微笑《ほほえ》みかけたが、後から、今この席で、木下《きのした》秀吉が殿軍《しんがり》を申し出たことを知った。

信長は、わずかな側近とともに南下し、四日後の四月三十日には京へ、さらに五月九日には居城の岐阜《ぎふ》へと生還している。金ヶ崎から京までは二十三里（約九十二キロ）あるから、日に六里弱（約二十三キロ）進む強行軍であった。

往時の軍隊の進軍速度は、日に五里（約二十キロ）が目安となる。

騎兵など兵科によっては足の速い部隊もあろうが、どうしても鈍足の歩兵部隊の進み具合に合わせることになる。大軍であればあるほど、渋滞などが生じ、兵站の問題も出てくるから、進軍速度は遅くなった。

余談だが、二十世紀の旧日本軍の進軍速度も、果ては、古代ローマの重装歩兵隊のそれも大体同じで、日に二十キロから二十五キロほどだった。人間の営みなぞというものは、千年や二千年で大きく変化するものではないということなのだろう。

ちなみに、後年評判をとる秀吉の「中国大返し」は、強行軍の代名詞、金字塔のような言われ方をされるが、これは約五十里（約二百キロ）を十日で走破している。日に直せば二十キロで、さほどに速くはないが、それを延々と十日間も続けさせたところが金字塔の金字塔たる所以《ゆえん》だ。

六月十一日、岡崎《おかざき》城に戻っていた家康の元に、信長からの援軍要請が届いた。赤母衣衆《あかほろ》が使者として信長の書状を持参した。菅谷長頼《すがやながより》——通称、九右衛門《きゅうえもん》。堀秀政《ほりひでまさ》、長谷川秀一《はせがわひでかず》などと並んで名が挙がる信長の側近官僚の一人である。

「将兵五千、六月二十六日、遅くとも二十七日までには、琵琶湖畔《びわこはん》に至っておるように致す。左様、弾正忠《だんじょうのちゅう》様にお伝えいただきたい」

と、家康は伝え、九右衛門は供応を固辞し、その日のうちに岐阜へと帰って行った。

弾正忠——信長の父や祖父が名乗った官位である。信長は、若いころには上野介《こうずけのすけ》や尾張守《おわりのかみ》を名乗ったが、どれも僭称《せんしょう》であろう。四年後の天正《てんしょう》二年（一五七四）三月十八日、信長は正式に弾正忠に叙任されている。しかし、元亀元年の現在、すでに弾正忠を名乗り、家康などもそう呼んでいるのだから、やはりこの時点では、弾正忠は僭称であったと思われる。

「殿はまた、兵五千で近江に繰り出されるそうな」

岡崎城内の足軽長屋の前に莚《むしろ》を広げ、麻袋に干飯《ほしいい》を詰めながら、辰蔵が口を尖らせた。今回の遠征には茂兵衛らも従軍する。作っている兵糧は自分たちの食い扶持《ぶち》だ。

「ま、難儀なことだら」

作業の手を止めずに、茂兵衛が相槌を打った。

六合分の干飯、味噌二勺《しゃく》に塩が一勺――これが足軽一日分の糧食となる。一日分ずつ袋に入れ、入口を縛って両肩から吊るせるようにした。左右に三袋ずつ――これで六日は食い繋ぐ。滞陣が長引くようなら、それ以降は、家康直属の小荷駄隊が運ぶ食料の分配を受けることになる。

「な、茂兵衛よ。殿の留守をええことに、信玄の奴が遠江《とおとうみ》の新領地に雪崩《なだ》れ込んできたらどうするら？」

「信玄だって、周りは敵に囲まれとる。北には上杉《うえすぎ》、東からは北条が睨みを利かせとるで、そう簡単に大井《おおい》川は渡れんがね」

「や、俺が言いたいのはよ」

辰蔵は、しばらく考えてから口を開いた。

「我々徳川には、近江辺りの縁もゆかりもねェ兄弟喧嘩に、銭と兵と首を突っ込んでいる暇はねェということだら」

「兄弟喧嘩？　信長と浅井のことかえ？」

「ほうだら」

辰蔵の言い分は正しい。正論だと思う。ただ今回ばかりは、三河衆も本気で助太刀しないと、信長は収まらない。誰よりも信頼していた義弟の裏切りに怒り心頭で「浅井領を焦土化する」と息巻いているそうな。おざなりな態度で戦っていると、唯一の同盟軍である徳川でさえ、信長の怒りと不審を買いかねない。なまじ猜疑心が強い男なだけに、一旦睨まれると後難が怖い。

「うちの殿様はどうして信長なんぞに、くっついとるのかなあ？」

「味方がいねェと心細いからのう」

「同盟だというが、まるで家来扱いだら」

この点を不満に感じていない徳川武士に、茂兵衛は会ったことがない。

「ほんじゃ、信玄とつるむんかい？」

「たァけ。あんな大嘘つきは御免だら。いつも誰かを騙してやがる」

「俺もそう思うら」

岡崎城の大手門で左馬之助に笑われて以来、やはり気後れして「それがし」は止めている。しばらくは「俺」で行こう。

「今川はもうねェし、北条や上杉はえらく遠いぞ。それでいて孤立も嫌だ、信玄も嫌だというなら……つまり、今は織田とつるむしかねェら。少なくとも西から攻めてくる心配はしねェでええからのう」

「ふう、小国は辛いのう」

そう、確かに辛いのである。

援軍依頼が来て以降、家康は陣準備を整え、六月二十日未明、徳川軍は岡崎城を出発した。

信長は簡単に「助太刀を頼みたい」というが、岡崎から浅井の本拠地小谷《おだに》城までの移動距離は直線で二十五里（約百キロ）、実際には二十八里（約百十二キロ）も歩かねばならない。

大垣《おおがき》までは平坦な濃尾《のうび》平野を進めるが、途中で木曽《きそ》川、長良《ながら》川、揖斐《いび》川の三大河を渡渉《としょう》する必要がある。大雨でも降らない限り渡渉にさほどの困難はなかろうが、その分、夏の強い日差しが将兵の体力を奪っていくだろう。

大垣からは山間《やまあい》の道に分け入る。伊吹《いぶき》山地と鈴鹿《すずか》山脈の鞍部となる関ケ原《せきはら》（不破《ふわ》の関）を抜けて琵琶湖の東岸にまで出る。湖畔を二里も北上すれば小谷城だ。

日に五里（約二十キロ）進むとして五日。三河川の渡渉に手間取ることも勘定に入れると六日、最悪七日の行程と、徳川方では目途を立てていた。

五千人の将兵が行軍するということは、その一割は騎馬武者だろうから、五百頭からの軍馬が同道しているということだ。馬一頭の飼料は、日に大豆二升に糠《ぬか》二升で、重量は一貫半（約五・八キロ）にもなる。

五千人と五百頭分の食料を如何《いか》にして運ぶか。

それには、軍勢とは別に専門の小荷駄隊（輸送隊）を、将兵軍馬とほぼ同数だけ組織せねばならない。つまり今回の近江遠征に同道する小荷駄隊は、陣夫《じんぷ》五千人に駄馬が五百頭の規模となる。

夏の太陽の下を、将兵が五千に、荷を運ぶ陣夫が五千、軍馬が五百頭に、さらに駄馬が五百頭――一万人と千頭の大行列である。その光景、想像を絶しはしないか。

ちなみに、戦国期の兵站は、人と駄馬が担っていた。大八車が登場してくるのは江戸期に入ってからで、そもそも京とその周辺の先進地域以外は道が極めて悪く、車輪を使うこと自体が困難を伴った。水運を使えない場合、人は歩くか、乗馬か、輿《こし》に乗って移動したし、物は人が担ぐか、駄馬に積むかして運ばれた。

往時の当世具足は大分軽量化されてはいたが、槍や刀、時に鉄砲などを含めば五貫（約二十キロ）にもなる。裸同然で荷を運ぶ陣夫も、同様に五貫（約二十キロ）ほどの荷を担いで歩くと目途を立てて計算してみる。

一人一日分の食料が六合分の玄米、味噌二勺に塩が一勺で重さが計一キロあるとして、一万人なら（当然、陣夫にも食べさせねばならない）一日十トンを消費する。五千人の陣夫が運べる荷の重量は百トンほどだから、ざっくり食料は十日分だ。茂兵衛たちが個人として六日分を携行しているので、合わせて十六日で、それを超える長陣となれば、後は現地調達しかあるまい。一万人の軍勢が、一万人の飢えた野盗の群れへと豹変《ひょうへん》しかねない――嗚呼戦国、南無阿弥陀仏。

二

岡崎を発《た》って五日。大垣を越えると、左右に低い山並みが望まれるようになった。これから琵琶湖畔までの三里（約十二キロ）ほど、山間の道を進むことになる。右手は北方から下がって来た伊吹山地の南端、左手のそれは南方からせり上がって来た鈴鹿山脈の北端である。ただ、どちらの山容も、街道から眺める限りは長閑《のどか》な里山の風情であり、巨大な山塊の鞍部を抜けているとの感慨はない。

元亀元年の六月二十五日は、新暦に直せば七月の二十七日――まさに盛夏だ。蟬《せみ》の声と立ち上る陽炎《かげろう》の中を、辛い行軍が延々と続いた。

さらには、関ケ原を過ぎた辺りから、東山道《とうさんどう》はだらだらと上り始めた。

長さ三間（約五・四メートル）、重さ一貫（約三・七五キロ）もの長柄槍を、ズルズルと引き摺って歩く槍隊の足軽たちの行列からは、さかんに怨嗟《えんさ》の呻《うめ》き声が上がってくる。

「なあ、茂兵衛よ」

「へ、へい」

平八郎の馬がひり落とした糞を踏まぬよう、爪先立って歩きながら茂兵衛は返事をした。

「岐阜から琵琶湖畔まで、十里（約四十キロ）あるかないかだそうな」

この暑さである。平八郎は直垂《ひたたれ》の両肌を脱ぎ、頭に引立烏帽子《ひきたてえぼし》のみを被っている。裸に烏帽子——実に珍妙な格好であり、一手の大将として、威厳のある姿とは言いかねるが、平八郎の機嫌を損ねると恐ろしいので、誰も諫めはしない。で、誰も近寄ってこないとなると、傍らにいる茂兵衛が、この気性の荒い大将の相手をせざるをえない。

「岡崎からはどれほどか？」

「岡崎から琵琶湖まで……三十里（約百二十キロ）とうかがっております」

「ほうだら、三十里よ……三倍だかね」

「へい」

平八郎の不満はよく理解できる。信長は戦場までわずか二日で着く。対して、単なる義理で参戦しているに過ぎない徳川勢は、延々日数をかけて大遠征せねばならないのだから、

「間尺に合わんがや」

　と、平八郎は憤《いきどお》っているのだ。

　平八郎の信長嫌いは相当なもので、件《くだん》の金ヶ崎の退き口の際にも、家康を囲んだ徳川勢内々の軍議の席上で「信長、信じるに足らず」とやらかした。家康は怒って黙り込んでしまい、主に代わり二人の家老——酒井忠次と石川数正——が、代わる代わる「たァけ」「痴《し》れ者」「平八、黙れ」との罵声を平八郎に浴びせたそうな。

「ワシは三河衆の気持ちを代弁しただけだら。殿と重臣衆《おとな》に遠慮して言わんだけで、腹の中では誰も皆、ワシと同じ気持ちよ」

「へい」

　ただ、この話題は、茂兵衛の中ではすでに、足軽長屋での辰蔵との議論を通して結論が出ていた。色々と不満はあろうが、武田信玄という強大な敵と相対している現状では、織田とつるんでいるしか道はないと思っている。その点では、茂兵衛は、平八郎より家康や重臣衆の立場に共感していた。

「おう茂兵衛、おまんも信長が大嫌いなのであろうな？」

「え、あの……」

　これから織田勢と協力して、浅井朝倉連合軍という強敵に立ち向かわねばならんのだ。軽々しく「信長は嫌いだ」なぞと口にするのは不謹慎に思えた。

「さ、左様にございますなあ……」

困り果て、助けを求めて辰蔵をうかがったが、さすがにそっぽを向き、聞こえない振りを決め込んでいる。下手に助け舟などを出すと、自分もとばっちりを受け、機嫌の悪い平八郎からどやしつけられかねないからであろう。

(辰蔵の野郎……薄情な奴だら)

一方、丑松は困ったような笑顔を茂兵衛に投げかけている。こちらも力にはなってくれそうにない。

「どうした茂兵衛？　しゃんと答えんか！　まさか、おまん、信長を……」

「いえいえ、そんな」

「ならば、大嫌いだとハッキリゆわんか！」

馬上から、鬼も恐れる険悪な表情で睨まれた。

今日の平八郎は執念深い。暑い中での連日の強行軍に相当苛立っている。疲れている割には夜も熟睡できず、疲労感だけが積み重なっているのだ。さもなくば身分を超えて親しく付き合う茂兵衛を、衆目の前で困らせ、追い詰めることはしない。

「か、勘弁してくだせェ」

さすがに、声を落として泣きついた。

「尾張《おわり》様は、お味方ですがね」

「たァけ。味方なもんか？　信長は、殿のことを家来と思ってけつかる」

思わず茂兵衛は周囲を見回した。誰も聞こえない風を装っているが、誰もに聞こえているはずだ。平八郎は旗本先手役の一人で、歴《れっき》とした侍大将である。徳川の有力武将が、同盟者信長のことを悪《あ》しざまに貶《けな》していると、尾張衆の耳に入れば由々しき事態となりかねない。

「後生ですからお控え下せえ。弾正忠様は、若殿の御舅《しゅうと》様にございますぞ」

馬の側に近寄り、声をしぼり、平八郎の鞍《くら》を平手で叩きながら、祈るような気持ちで訴えた。家康の嫡男信康《ちゃくなんのぶやす》は、三年前の永禄十年（一五六七）、信長の娘徳《とく》姫を正室に迎えている。信長は正真正銘、徳川家の跡取り息子の岳父《がくふ》なのだ。

「なんだと！」

茂兵衛と鞍上《あんじょう》の平八郎はしばらく睨み合った。

明らかに今日の平八郎は常軌を逸している。たとえこの場は怒りを買い、鞍の上から蹴り飛ばされようとも、諫めねばならない。

（ここでお頭《かしら》の顔色をうかがい、日和《ひよ》ったら、俺が同心として平八郎様の下にいる意味がねェ。ここは退けねェ）

渾身の気魄《きはく》を込めて、馬の下から平八郎を睨みつけた。

「ふん」

さすがに、平八郎が先に目を逸らした。

「ワシの主人は、家康公ただお一人じゃ……他のことは、知らんわい」

「お頭！」

「怖い面をするな。冗談だら。冗談だがね」

「…………」

今年十二歳になり「性、剽悍《ひょうかん》」と家内で噂される信康が聞いたら激怒しそうな台詞《せりふ》であった。が、この時代の三河者には案外この手の男が多い。忠誠心を向ける相手は三河国はおろか徳川家ですらなく、ひたすら家康一人に忠誠を尽くす。家康の他に世界はなく、心のどこかで「殿様以外、戦国武将全員死に絶えればよい」と本気で考えている節がある。この、三河の草深さから来るであろう、頑迷固陋《がんめいころう》さを、上手に扇動し利用して成功を収めているのが、家康という苦労人の殿様なのである。

信長に約束した通り、家康は六月二十六日、伊吹山山麓の春照宿《すいじようじゆく》に至り、陣を敷いた。西へ二里強（約九キロ）進めば琵琶湖である。現在、信長が包囲攻撃している臥竜山《がりゆうざん》の横山《よこやま》城は北西に一里弱（約三・五キロ）、さらにその三里半（約十四キロ）彼方《かなた》には、浅井氏の本拠地、巨大な小谷城が鎮まっていた。

翌二十七日、家康は酒井忠次と馬廻衆数騎のみを率い、臥龍山北麓の龍《りゆう》ヶ鼻《はな》におかれた信長の本陣を訪問した。

戦機は、すでに熟していた。

家康が春照宿に至った二十六日、朝倉の援軍一万が越前から到着、浅井勢八千と合流したのだ。

「い、一万？　朝倉の援軍は一万にございまするか？」

家康は、朝倉勢の数の多さに目を丸くした。同じ援軍でも、自分が率いてきたのは五千――朝倉の半数に過ぎない。

「うむ、奴らも本気である。この信長を潰しにかかってきよったわ」

と、信長が冷笑した。

勿論、笑いごとではない。織田の二万五千に徳川の援軍五千を合わせ、三万の大軍を信長は率いている。対する浅井朝倉勢は二万足らず——兵力では織田徳川軍に分がある。しかし、浅井勢には己が領地で戦う地の利がある。北陸の風雪に鍛え抜かれた越前衆の強さは折り紙付きだ。総じて、勝敗の行方は五分と五分で、どちらが勝っても不思議ではない。

「ただ、当方も諸手の備えは皆終わった。三河殿はどこへでも、相手の弱そうなところへ助太刀いただければ十分である」

「な、なんと」

家康の目の色が変わった。朝倉の援軍の半数しか率いていない点だけでも恥辱に感じていたのだ。この上「敵の弱いところへどうぞ」と言われて、そのまま従うわけにはいかない。

「はるばると援軍のために参ったるに、その甲斐《かい》もなく堂々たる合戦ができないようでは、父祖代々の弓矢の家名に傷がつきまする。そのぐらいならば、速やかに陣を払い、本国へ引き返しとうござる」

と、息巻いたので、さすがの信長も苦笑して非礼を詫び、龍ヶ鼻より敵に近い上坂《こうざか》への布陣を許してくれた。そして稲葉《いなば》伊予守良通《いよのかみよしみち》（一鉄《いってつ》）に兵一千をつけて加勢させた。徳川勢五千に、稲葉勢が千人——都合六千の徳川支隊である。

二十七日のうちに徳川支隊は、龍ヶ鼻の北西八町（約八百七十メートル）の上坂に陣を敷いた。これで龍ヶ鼻の織田本隊が右翼、上坂の徳川支隊を左翼として、織田徳川勢の戦線が形成された。

対する、浅井朝倉勢は、龍ヶ鼻の北方一里（約四キロ）にある大寄山《おおよせやま》（現在の大依山《おおよりやま》）に本陣を敷いていた。龍ヶ鼻と大寄山の間には、東から西へ姉川と呼ばれる細い川が流れているだけで、他に遮《さえぎ》るものはない。

「いずれにせよだら。この姉川を挟んでの攻防となろうなァ」

と、辰蔵が夏草の生い茂った川原を見回しながら呟いた。

上坂から姉川までは四町（約四百三十六メートル）ほどの距離である。陽が傾いたころ、早めに夕餉を済ませた茂兵衛と辰蔵は、丑松を誘って夕涼みがてら、川岸まで下見にやってきたのだ。周囲の土の中ではケラが「ジー、ジー」と単調に鳴き交わして、夏の気分を盛り上げている。

茂兵衛は、槍を杖にして流れに立ってみた。熱く火照《ほて》った足を冷たい水に洗われ、大層心地よかった。

「結構、深いら」

流心の辺りまで行くと、茂兵衛の尻ほどの水深がある。深い所は三尺（約九十センチ）近くありそうだ。

茂兵衛が川から上がるころには、夏の陽はとっぷりと暮れていた。濡れた槍を拭っていると、傍らの丑松が大声をあげた。

「兄《あに》ィ、大変だら」

四分の三里（約三キロ）北方の大寄山で、盛んに篝火《かがりび》が動くのが見えるというのだ。夜目も遠目も、丑松の視力には信頼がおける。なまじ知恵がない分、嘘やハッタリを考える必要がない。丑松が「見える」というなら、その通りなのだ。

「で、どう動いとる？」

茂兵衛や辰蔵の目にも、彼方の低い山の全体に沢山の明りが灯っているのは分かる。しかし、それが動いている風には見えない。

「こっちへ向かって、山を下りてくる感じだら」

「辰、どう思う？」

「敵の本陣に動きがあるなら、そら、報告せんといかんがね」

「ほうだら。分かった」

茂兵衛は、丑松を急《せ》かして本陣へと取って返した。

三

走って帰陣する三人を追い越して、騎馬武者が幾度か本陣方向へ走り去った。家康が配置していた物見たちが大寄山の異変に気づき、注進に及んでいるものと思われた。

「やっぱり、大寄山の敵が動いたんだら」

「なら、奴らこっちへ来るよ。だって、俺にはそう見えたもの」

怯えた様子で足を止め、丑松が訴えた。茂兵衛と辰蔵も走るのを止めた。

「茂兵衛……奴ら、夜襲を仕掛けてくるかな？」

辰蔵が、早口で訊ねた。

「夜戦《よいくさ》を仕掛ける気なら、もそっと慎重に動くだろうさ」

篝火は燃やしたままその場に残し、人馬だけがひそかに山を下りるはずだ。しかし、丑松の見るところ、浅井朝倉勢は篝火を手に下山を始めている。隠密性よりも足元の安全を優先させているのだ。総じて、夜討ちを考えている軍隊の行動とは考えにくい。

「おそらく開戦は明日だら。それも未明、払暁《ふつぎよう》のころに攻めてくるら」

「なぜ早朝だと分かる？」

「そら、おまん」

なにせ、昼は猛暑である。涼しいうちに「ひと戦《いくさ》」と考えるのが人情というものだろう。

「結論として、大寄山の動きは、浅井朝倉勢が夜戦を仕掛けてくる前触れではないら。明朝、山を駆け下り、四分の三里を走ってようやく戦場に至るのでは、戦う前から疲れてしまう。それならいっそ、夜のうちに移動し、織田徳川勢との間合いを詰めておくべきだら。ゆっくり休んだ後、明朝改めて攻めようと考えていると俺には見える」

「な、なるほど……一理あるら」

辰蔵も茂兵衛の読みに同調した。

しかし、帰陣した家康の本陣は大騒ぎになっていた。夜戦《よいくさ》に備えて、合印として甲冑《かつちゆう》の腰に白い布を縛りつけ垂らすこと、合言葉は「山」と問いかけ「林」と返すべきことなどが、各隊ごとに厳しく伝えられた。

全軍臨戦態勢のまま、何事もなく夜は更けていった。

盛んに物見の騎馬武者が往き来している。馬が本陣に駆け込んでくる度に「すわ、敵襲か？」と誰もが耳をそばだて、気配をうかがった。

さらに、今夜は月がない。陰暦の月末だから明け方に細い月が短時間望まれる程度で、ほとんど闇夜である。その闇の中から急に、槍を構えた敵兵が現れそうで、強行軍で体はぼろきれのように疲れているのに、誰もよく眠れなかった。

「な、茂兵衛？」

首筋に群がる蚊の大軍を、手で払い除《の》けながら辰蔵が声をかけてきた。

「ん？」

「明日の戦で、もし目の前の敵が近江衆だったら、戦わんで逃げた方がええど」

「なんでだら？」

「そら、おまん……小谷城から出陣してる近江衆は元気だからよ。奴らは炎天下で行軍しとらんで、多分明日は一番活躍しよる」

「ふ〜ん」

「越前衆だったら、しめたものよ。奴らは二十里（約八十キロ）、それも厳しい峠越えをしてきとるからな、もうボロボロのはずだら」

「ハハハ、なるほど。朝倉方が狙い目だら」

ただ、茂兵衛ら三河衆も三十二里（約百二十八キロ）を歩いてきている。越前衆と三河衆なら、ボロボロ同士でいい勝負になりそうだ。

翌二十八日、丑《うし》の下刻（午前二時ころ）、対岸の闇の中から、かすかに人馬の声が聞こえ始めた。物見の報せによれば、上坂から姉川をはさんで四半里（約一キロ）北にある三田《みた》の集落には、三ツ盛り木瓜《もっこう》の旗指物が、満ち満ちているらしい。三ツ盛り木瓜は、越前国守斯波《しば》氏の下で守護代を務め、今では斯波氏に代わって国守を務める朝倉家の定紋である。

同時に三田村の東方四半里（約一キロ）にある野村《のむら》には、浅井勢が入った。

これで浅井朝倉勢の戦線も確定した。西部戦線では、朝倉の一万が、徳川の六千に相対した。東部戦線では浅井の八千が、織田の二万四千と対峙する形だ。ただし、織田勢は背後に浅井方の横山城を背負っている。もし城将が討って出て、包囲している丹羽長秀《にわながひで》隊や安藤守就《あんどうもりなり》隊を蹴散らして臥竜山をかけ下れば、織田勢は前と後ろから挟撃を受けることになる。

それぞれの距離は――上坂、三田村、野村の間がそれぞれ四半里弱で、龍ヶ鼻だけが少し離れていた。俯瞰《ふかん》すれば台形に見え、その中央部を東西に姉川が貫流している――そんな配置図を想起していただきたい。百町（約一平方キロ）ばかりの平野に、十三ヶ国から参集したほぼ五万人の将兵が犇《ひし》めく一大合戦が、今まさに始まろうとしていた。

以下、それぞれの武将の実力を見ていこう。

元亀元年（一五七〇）段階で、三十七歳の織田信長の領国は八ヶ国に亘った。尾張五十二万石。美濃五十八万石。伊勢《いせ》五十七万石。志摩《しま》二万石。大和《やまと》南部で七万石。和泉《いずみ》十四万石。若狭《わかさ》九万石。近江南部四十四万石――総計二百四十三万石である。

戦国武将の兵士の動員数は、領国の石高に比例した。

大まかに計算すると、軽輩者は二十石当たり一人と考えると丁度いい。それが大名級となると、居城の維持管理や治山治水事業などの公的な出費が嵩《かさ》むため、動員力も減り、四十石当たり一人と考えるべきだ。

つまり戦国期、ざっくり知行二百石取りの武士には十人の動員力があり、知行一万石の国衆は二百五十人の動員力があった。

この目安に沿って計算すると、当時の信長は、六万人程度の動員力を保有していたと考えられる。今回、北近江には二万五千人——総動員力の四割強を連れてきている。四方を難敵に囲まれている信長には、精一杯の動員であったろう。二十八歳の家康は、三河三十四万石、遠江二十七万石で合計六十一万石の太守である。右の目安に従って四十石で割ると、一万五千人以上の動員力があったはずだ。そのうち、北近江に連れてきたのは五千人——総動員力の三割強だ。やはり武田への備えが必要で、遠征に人員を割《さ》けなかったことが分かる。二十六歳の浅井長政は、北近江六郡三十九万石の領主だ。大体一万弱の動員数か。今回はその八割に当たる八千人を動員している。この戦いに家の存亡を賭けているはずだ。

越前朝倉家の当主である義景は三十八歳。越前一国と加賀の南部を領有しており、知行は八十七万石。総動員数二万二千人のうち四割五分に当たる一万人を同盟国浅井の援軍として送ってきた。魔王信長相手に浅井と一蓮托生《いちれんたくしょう》、生存をかけての戦いを挑もうとしていた。

ただ今回、義景自身は遠征には参加していない。親戚筋の重臣二人に指揮を委ねる形だ。

越前安居《あご》城主の朝倉景健《かげたけ》を総大将に、先鋒には敦賀城主の朝倉景紀《かげとし》を据えている。両名とも他国にまで名の聞こえた練達の武将であるし、もともと朝倉家には朝倉宗滴《そうてき》以来、有能な重臣や、親戚筋が当主の名代として戦の指揮を執る伝統がある。義景が北近江に出馬していないことのみをもって、朝倉家のやる気を疑ってはなるまい。

寅《とら》の上刻（午前四時ごろ）、東の空がようやく白み始めたころ、満を持して徳川勢が動いた。法螺《ほら》貝を吹くこともなく、太鼓や鐘も鳴らさない。薄闇の中、粛々と前進を開始した。姉川河畔まで四町弱（約四百三十六メートル）、陣を前に押し出す。数に勝る朝倉勢が遮二無二《しゃにむに》渡渉してくるのを、姉川南岸に弓鉄砲を並べて迎撃する腹だ。

先鋒の酒井隊千人、次鋒は小笠原《おがさわら》隊千人、第三陣は石川隊の千人、家康本陣が二千人、後詰《ごづめ》は稲葉隊の千人で、縦に深い重層的な布陣である。

「茂兵衛！」

鞍上から平八郎が声をかけた。茂兵衛は鍾馗《しょうき》の幟《のぼり》を掲げて、馬のすぐ横に付き従っている。

「川は深いのか?」

「へい」

本日も平八郎は、黒漆掛けの当世具足に鹿角の脇立《わきだて》の兜《かぶと》、肩からは斜めに金色の大数珠をかけている。青毛の悍馬《かんば》に跨ったその姿は、まさに鍾馗と見まごうばかりの威圧感だ。

「深い所で三尺(約九十センチ)、大方は二尺(約六十センチ)ほどにございまする」

「流れの中で、やり合えるな?」

「へい」

渇水期であり、流れも川幅もさほどのことはない。兵員の数に劣るゆえ、姉川を陣の前に置き、水濠《みずぼり》として使うつもりの徳川勢にとっては、若干不都合な事実である。

「川石はどうだら? 滑《ぬめ》っとるか?」

「へい。苔《こけ》が生《は》えており、よう滑りますら」

「駿介《しゅんすけ》!」

「ははッ」

平八郎は若い騎馬武者を伝令に出した。配下の将兵に、草鞋《わらじ》を一旦湿らせた上で、紐を締めなおすよう命じた。勿論、苔対策だ。一旦湿らすのは紐が濡れて締まり、過度にきつくなっては足が痛むからだ。

「ええか、慌てて水に飛び込むなよ。衣服が濡れると動きが悪うなるぞ」

大事なのは、朝倉勢を先に川へ入れることだ。

渡河する敵を岸から散々に射すくめ、濡れ鼠となって上がってきたところに、槍を構えて突っ込むのが理想である。

ま、朝倉勢も同じことは考えるだろう。

そこで、戦の始まりは川を挟んでの挑発合戦となるはずだ。鉄砲や矢を射かけるのは勿論、石礫《つぶて》や罵詈雑言《ばりぞうごん》を浴びせて相手を激怒させ、できれば先に突っ込んできてもらいたい。

「ええか、侍は胆力だら。何をゆわれても、敵の挑発に乗ったらあかんぞ」

と、平八郎は配下を戒《いまし》めるが、茂兵衛の見るところ、敵の挑発に激怒し、最初に突っ込むのは、何処《どこ》の戦場でも平八郎自身なのである。

四

「お、月だら」

辰蔵が東の空に顎をしゃくった。卯《う》の上刻（午前五時ごろ）少し前か。

見れば、針のように細い月が浮かんでいる。陽が上りきると見えなくなる短命な月だ。今日も好天のようで、山の端には雲一つ見えない。昼には随分と暑くなりそうだ。

時折、馬の嘶《いなな》きが聞こえる他は、なに一つ音がしない——正に、静寂だ。

——ジジ、ジワワワワワ。

その静寂を破り、周囲の繁みで、夏蟬《せみ》が一斉に鳴き始めた。

蟬声《せんせい》に背中を押された朝倉の鉄砲隊が、まず斉射《せいしゃ》を開始した。

ダダン、ダンダン。

途端に、先鋒第一陣の酒井隊の中から、悲鳴や呻《うめ》き声が上がる。反対に、夏蟬たちは急に鳴りを潜めた。

「こら丑。身を低うしとれよ。流れ弾に当たったら犬死だがね」

「う、うん。でもよ、ここまで弾、届くかなァ？」

平八郎の旗本先手役は家康本隊の中核部隊だ。酒井隊、小笠原隊、石川隊に続く第四陣であり、最前線の姉川河岸《かし》からは二町（約二百十八メートル）近くも後方に位置している。

チュイーーン。

空気を切り裂く不気味な音がして、思わず茂兵衛は首をすくめた。

（ほら、ほらほら）

鉄笠をかすめて、鉛弾が後方へと飛び去ったのだ。実に、嫌な音である。もう鉄砲の弾に当たって寝込むのは二度と御免だ。敵がどうしても当てる気なら、せめて眉間を一発で撃ち抜いてほしい。

大久保のように狭間筒を使いこなす名人は別にして、通常、火縄銃の射程は、狙って撃って当てるぶんには半町（約五十五メートル）が精々である。熟達の指揮官なら配下の鉄砲足軽を「敵の黒目がちゃんと見えるまでは撃つな」と指導するはずだ。しかし、仰角《ぎょうかく》をつけて撃てば、弾は六町（約六百五十四メートル）以上も飛ぶには飛ぶ。威力は落ちても、対人の殺傷力程度なら十分に残っているから、当たり所が悪ければ大怪我をする。乃至《ないし》は、死ぬ。

「……」

丑松がじわりと動いて、茂兵衛の陰に身を隠した。

誰かの視線を感じて首を向けると、一人の騎馬武者と目が合った。黒漆をかけた桃形兜《ももなり》に輪貫《わぬき》の前立——横山左馬之助だ。

(野郎の側にはいたくねェら)

なにをされるか分からない怖さがあった。乱戦になれば、どこに行こうと自由だ。左馬之助から距離をとることも可能だろう。反対に言えば、相手が忍び寄ってくることも可能だ。

酒井隊も応射を開始し、川を挟んで激しい鉄砲の撃ちあいとなった。辺りには、琵琶湖から伊吹山へと吹き上がる早朝の風に乗って、硝煙が渦巻き、漂ってきている。

もうすでに、ここは戦場なのだ。

朝倉勢の先陣は朝倉景紀が率いる三千人である。

対する徳川勢先鋒の酒井隊はわずか千人——端から分が悪い。

家康は「五」の幟を掲げた使番の騎馬武者を前線に派遣し、第二陣の小笠原隊に、酒井隊と合流し、朝倉勢の渡河を阻止するように命じた。

第二陣の指揮を執る小笠原信興《のぶおき》は、遠江高天神《たかてんじん》城の城主である。通称は与八《よはち》郎《ろう》。徳川勢の遠江侵攻後に従った新参者で、家康との信頼関係はまだ盤石とはいいがたい。家康の北近江遠征中、武田側に内通されては困るので、今回あえて第二陣の指揮官に抜擢、出陣以来、三河勢に帯同させている。

ただ、信興はよく働いた。

遠江衆も新参者として信用を勝ち取ろうと、必死で戦った。後々、遠江衆は譜《ふ》代《だい》扱いとなり、徳川家中での発言権を増していくが、このころからの先人たちの頑張りがその基となっている。

酒井隊と小笠原隊は力を合わせ、数に勝る朝倉景紀隊をよく防いだ。両軍は姉川の流れに立ち入って、押しつ押されつの攻防を繰り返した。水面は両軍の将兵が流す血で朱く染まった。

東の方を見れば、十町（約千九十メートル）彼方で、織田勢に浅井勢が猛然と襲いかかっていた。

浅井方八千に対し、織田方は二万四千だ。三倍の兵力差をものともせず、浅井方は姉川を渡りきり、織田の第一陣坂井《さかい》政尚《まさひさ》隊、第二陣の池田《いけだ》恒興《つねおき》隊、第三陣の木下秀吉隊をすでに蹴散らし、現在第四陣の柴田勝家《しばたかついえ》隊と激しく交戦している。柴田隊が崩れれば、後は第五陣の森可成《もりよしなり》隊と第六陣の佐久間信盛《さくまのぶもり》隊を残すのみで――その後方は、もう信長の本陣だ。

先鋒隊の磯野員昌《いそのかずまさ》と次鋒の浅井政澄《あざいまさずみ》隊が獅子奮迅《ししふんじん》の活躍をみせていた。まさに死に物狂い。三倍の敵を切り崩し、着実に信長の本陣へと迫っていた。

その異常な強さの源泉はなにか？

まず、地元の浅井勢には地の利がある。わずか一里半（約六キロ）しか離れていない小谷城から出陣してきたのだから、行軍の疲れもあるまい。

それに加えて、もしこの戦に敗れれば、狂気の魔王信長によって一族郎党「根絶やしにされる」「惨殺される」との恐怖心から、死に物狂いとなり勇戦していたと思われる。

姉川を挟んで一進一退を繰り返していた辰《たつ》の下刻（午前八時ごろ）、友軍浅井勢の快進撃に励まされた朝倉勢が先に動いた。第二陣の前波新八郎《まえばしんぱちろう》隊三千を投入したのだ。

朝倉勢六千は、酒井隊と小笠原隊の二千を数で圧倒し始めた。

殊に、払暁から戦い続けてきた酒井隊の消耗は激しく、新手の前波隊の圧に抗しきれずズルズルと後退、遂には朝倉勢の渡河を許してしまう。

「石川隊、前へ！」

家康は第三陣の石川数正隊を投入したが、それでも六千対三千であり、兵力差は倍もある。最早、徳川勢にとっての姉川は防衛線の体を成していない。朝倉勢が、どんどん渡渉に成功し、南岸へと這い上がってきている。旗色は大いに悪い。

「平八！」

と、家康が平八郎に直接声をかけてきた。

平八郎隊の騎馬武者五十騎と足軽二十人は、家康の本陣、馬廻衆のすぐ前に展開していた。敵を本陣に一歩たりとも近寄らせまいと、防波堤のように立ち塞がっている。

「ははッ」

馬上で平八郎が家康に振り返った。

「姉川を渡れ。向こう岸に拠点を作れ。疾《はや》く行け！　突っ込め！」

姉川北岸に徳川方の拠点を作り、背後を塞がれる恐怖心を与えることで、朝倉勢の前進を牽制する策とみた。

「委細承知！」

総大将からの直《じか》の声かけだから、誰もが命令を聞いている。しかも下知の内容は単純明快だ。平八郎が采配を振り上げ、下ろす前に先手役の面々は走り出していた。

「こら、おまんら、先駆けは許さん！」

慌てた平八郎が鐙《あぶみ》で馬の腹を蹴ると、青毛馬《くろうま》は勢いよく駆けだした。茂兵衛も鍾馗の幟を高く掲げて続いた。

「茂兵衛！」

「へい」

「例によって鍾馗なんぞいらん。おまんも槍を持って戦え」

「へい！」

これはありがたい。

「ただし、首は獲るな、討ち捨てにせよ。敵はワシらの倍の数だら、一人でも多く殺せ！」

「へい！」

「こら、おまんら！　頭はワシだら！　ワシより先にいくな！　道を空けろ！」

と、鬼の形相の平八郎は馬に鞭《むち》を入れ続けた。最後尾から追い上げて、姉川河畔に着くころには先頭に立っていた。

茂兵衛は、鍾馗の幟を竹棹から外し、細く畳んで肩に縛りつけた。丑松から親父の形見の持槍をひったくり「おまんは隠れとれ！　死ぬなよ！」と弟に怒鳴ってから川原に飛び下りた。

「こん、あっぱがッ」

との大声がして、朝倉方の足軽が槍をかまえて突っ込んできた。

（あ、あっぱがって何だら？）

異国の言葉は意味不明だ。それに、久しぶりの実戦——体は、どこまで動くのやら。ただ、相手を見れば、川から上がったばかりらしく、草摺《くさずり》の裾から水滴がしたたり落ちている。股引も黒々と濡れ、如何にも動き辛そうだ。

（ええい、やろまいか！）

間髪を容れずに左へ跳び、相手の槍を上からバチンと叩く。その反動を利用して顎の下辺りを深々と切り裂いてやった。茂兵衛の槍先が血の管を両断したらしく、足軽は喉から滝のように血を流しながらガックリと両膝をつき、そのまま前屈みにうずくまった。数歩踏み込んで穂先を突きつけたが、動く様子はない。血の滝は細々とした流れに変わっている。止《とど》めを刺す必要はなさそうだ。茂兵衛自身もそうだが、足軽は面頰や喉垂を着けていない。当世具足と小具足で厳重に防御した侍相手だと、こうは簡単に倒せない。大いに手こずる。

（おお、意外に体が動くら……よかった）

掛川《かけがわ》城外で肩を撃たれて以来、一年三ヶ月振りの実戦である。体力が戻った実感はあったが、それでも、戦場で敵と相まみえるまでは不安でいっぱいだったのだ。最初に出くわした敵が、兜武者の古強者《ふるつわもの》などでなくてよかった。

「ん？」

と、対岸に目をやって愕然とした。対岸——姉川の北岸は崖になっているではないか。

昨夜、夕涼みにきたときは暗かったし、さほど意識はしなかったのだが、一間（約一・八メートル）ばかりの土の壁が延々と続いている。

平八郎隊への下知は、北岸に上陸し、徳川の拠点を作ることである。敵の目の前で、あの崖を上らねばならない。そもそも、馬は絶対に上れない。

「お頭、あれを御覧じませ！」

と、平八郎に振り向き、対岸の崖を指し示した。

「が、崖か！」

平八郎は、忌々しそうに舌打ちしたが、次の瞬間には「ワシに続け」と叫んで川にザブンと馬を乗り入れた。

平八郎は手綱さばきも鮮やかに流れを渡り切ると、壁の前に馬を止め、その背中に立ち、崖の上へと簡単に這い上がってみせた。

「馬は捨ておけ。戦に勝った後で捜せばよい。皆の者、槍だけ持って、徒《かち》で這い上がれい！」

と、土手の上で長大な蜻蛉切《とんぼきり》を振り回し、大音声《だいおんじょう》を張り上げた。

正々堂々馬上での一騎打ちが行われたのは、源平戦のころまでかと思われる。槍と雑兵が主戦力となった南北朝の動乱期以降、乱戦の中で優雅に馬になど乗っていると、敵の槍足軽たちが浮塵子《うんか》の如く群がり寄ってきて、アッという間に突き殺されてしまった。名のある武将でも、乱戦となれば馬を下り、槍を持ち、徒で戦うのが心得だ。平八郎が馬を乗り捨て、白兵戦を部下に命じたのも、そういう事情から決して突飛な判断ではなかったのである。

五

茂兵衛は、まだ流れの中にいた。渡渉の真っ最中で、川の流心に近く、水は腰の辺りまできている。

「茂兵衛、先に参るぞ！」

「へいッ」

平八郎隊の騎馬武者が、一声かけて追い越して行った。身分の差は大きいが、一応は同僚である。それに茂兵衛の槍の腕前は隊内でよく知られているから、心ある侍衆は一目置いてくれる。

「ぐえッ」

茂兵衛の二間（約三・六メートル）先、今声をかけてくれた騎馬武者が、天を仰いで、鞍から ドウと水に落ちた。盛大に水飛沫が上がった。

「か、神部《かんべ》様！」

と、名を呼んで駆け寄る間もなく神部の体は水底へと沈んでいく。武具全体で四貫（約十五キロ）以上も身に着けているのだから当然だ。垣間見た神部の顔には、面頬の眼孔から入った矢が深々と突き刺さっていた。鏃《やじり》は脳に達しているはずで、神部は即死であったろう。

周囲を見回すと、対岸に弓足軽——三つ重ね木瓜を染め抜いた旗指を背負っている——朝倉方だ。

中年の足軽は黄色い出歯《でっぱ》を見せてニヤリと笑い、神速で弓に次の矢をつがえ、今度は茂兵衛に照準を合わせてきた。その鏃は、茂兵衛の眉間を正確に狙っている。

（わ、こら、素人《しろうと》じゃねェ……弓の名人だら）

反射的に水の中へと身を伏せた。同時に矢が射込まれ、茂兵衛の肩の辺りをかすめた。

（あ、危ねェ）

川の水は攪拌《かくはん》され、血も流れており、かなり濁っている。水中に身を隠す茂兵衛には都合がいい。

（息をしなきゃ。でも、顔を出すと矢が飛んでくるかもな）

次第に息が苦しくなってきた。そろそろ限界——水の中で窒息死するくらいなら、矢を受けて死んだ方がましだ——と、覚悟を決めたそのとき、足に何かが触った。確かめなくても分かる。先ほど沈んだ騎馬武者の遺体だ。命が懸かっている。使えるものなら何でも使う。

(ナンマンダブ、ナンマンダブ……神部様、お赦し下せェ)

神部の遺体を掴むと、それを抱きかかえるようにして、水面に少しだけ顔を出した。

「はう」

息を吸っている間に、はたして神部の体に矢が射込まれた。遺体を担いでいなければ、茂兵衛の顔か頭が矢を受けていたことだろう。

遺体の陰に隠れて、もう一度、息を吸ってからまた水に没した。

遺体を盾にして水底を歩いたが、水深が浅くなると、体が露出した。思い切って神部を放り出し、水を撥ね上げながら対岸へと走った。が、矢はもう飛んでこなかった。諦めたのだろうか。

川原に駆けあがり、崖の下に蹲《うずくま》って息を整えた。

(あの弓足軽、面ァ忘れねェぞ)

槍がどこかにいってしまった。親父の形見の大切な持槍だったのに残念だ。

(奴のせいだ。あの出歯野郎……いつか殺してやる)

腰の打刀《うちがたな》を抜き、背後の崖をよじ上った。

崖の上は夏草が生い茂る原野だった。十間（約十八メートル）先に灌木《かんぼく》の繁みがあり、そこを砦として平八郎隊の面々が朝倉勢と交戦中だ。

「茂兵衛、ここだら！　鍾馗、持ってこいや！」

茂兵衛の姿を認めた平八郎が呼んでいる。手勢は三十人ほどか。全員が徒だ。

「へい、只今」

と、繁みに走り込んだ。濡れ鼠の具足下衣《ぐそくしたころも》が体に纏《まと》わりつき、実に走りにくい。

「鍾馗を揚げろ。本多平八郎ここにありと、敵と味方に報せるんじゃ」

「ヘイ」

鍾馗の幟は畳んで背負っているが、竹竿がない。見回せば、背中に旗指物を背負ったまま息絶えている同僚足軽の姿が目に入った。半兵衛《はんべえ》とかいう、御油《ごゆ》出身の陽気な男だった。

「ナンマンダブ、ナンマンダブ」

と、口の中で唱え、遺体の背中の合当理《がったり》から旗指物を引き抜いた。三連の葵紋を染め抜いた旗を竿から外し、鍾馗の幟に差し替えた。縦横の寸法が若干合わなかったが、一応それらしくは見える。

「お頭、これでええですか？」

「おう上等だら、高く掲げて、大きく振れい」

「承知！」

言われた通り鍾馗の旗を、敵からも味方からも見えるよう高く掲げ、大きく振り回した。

「見ろ！　平八郎が敵陣に迫っとるがね！」

川の中や、南岸で苦戦する酒井隊や小笠原隊、石川隊から歓喜の声が湧き起こった。徳川勢の士気が一気に回復する。

鍾馗の幟を見て、北岸でバラバラに戦っていた徳川勢の面々が集まってきた。本多平八郎は短気で粗暴だが、戦場では誰よりも頼りになる。そのことを皆知っているから、酒井隊も小笠原隊も石川隊も、競って馳せ参じ、瞬時にして灌木の砦は百名ほどの将兵で膨れ上がった。

ダダン、ダダダン。

銃声が轟き、繁みの中に銃弾が撃ち込まれた。幾人かの味方が、悲鳴を上げて蹲《うずくま》った。この場所は本陣から遠く離れており、防弾用の竹束を調達する術はなかりだ。ここに立て籠ったままだと、延々と敵鉄砲隊の攻撃にさらされ、消耗するばかりだ。

「見とれ。ワシが総大将朝倉景健の痩《や》せ首、引っこ抜いてくれるわ」

平八郎はそう叫ぶと、蜻蛉切を抱え直し、一町（約百九メートル）彼方に鎮まる朝倉方の本陣と思《おぼ》しき方を目がけて一人駆けだした。ちなみに、朝倉景健の率いる本陣は四千人からの大軍勢である。

「いざや各々《おのおの》、お頭を討たすな！」

「今が、死に時だら！」

と、平八郎隊の面々が叫び、真っ黒な塊となって後に続く。

茂兵衛は、鍾馗の幟を高々と掲げ、平八郎の背中を追いかけた。

図抜けた体軀の上に、黒漆をかけた鹿角の大脇立が、後方からもよく目立つ。しかも肩からは金色の大数珠をかけている――戦場で平八郎を見失う心配はまずない。その鬼神の如き平八郎の傍らで、茂兵衛が鍾馗を打ち振れば、敵は恐れて怯み、味方の士気は大いに上がるはずだ。ここは一刻も早く、平八郎の元へ馳せ参じなければならない。

「わッ」

走る茂兵衛の足元で銃弾が爆《は》ぜた。或いは脛当てをかすめたのかも知れない。衝撃で茂兵衛は転倒し、勢いのままに地面の上を二転、三転と盛大に転がった。茂兵衛が放り出した鍾馗の幟は、後続の者がすぐに拾い上げて掲げ、走り去った。茂兵衛が撃たれて死んだものと勘違いしたのだろう。

茂兵衛は四つん這いになって、辺りをうかがった。

ここで初めて気づいた。完全に息が切れている。怪我で長く寝ついた影響か、はたまた炎天下の強行軍の疲れか知らぬが、いつもに比べ、喘ぎ方が尋常でない。眩暈《めまい》がして、酷く頭が痛んだ。

（駄目だ。ここでへたり込んだら、二度と起き上がれねェら）

と、己が心に鞭を入れ、無理矢理に体を引き起こした。

半町先（約五十五メートル）では、平八郎隊が朝倉の本陣に突っ込んでいる。猛烈な圧力で敵の陣形を突き崩した。しかし、相手は四千からの大軍だ。わずか百人で突っ込んでも衆寡《しゅうか》敵せず、いずれ石臼に挽《ひ》かれる豆のように、粉砕殲滅《ふんさいせんめつ》されてしまうのだろう。

（お頭、死ぬ気だら。俺も行かなきゃ。どうせ死ぬならお頭の傍で死ぬ。俺一人生き恥を晒すわけにはいかねェら）

ただ、手には幟もないし、槍もない。腰に打刀と脇差を佩《お》びてはいるが、百姓出身の茂兵衛は剣術が苦手——刀を振り回しても、さほどの働きはできない。

（やっぱ槍だら、どこかで槍を拾おう。これだけ死体が転がってるんだ。槍の一本や二本、どうとでも）

と、見回した彼方——十間（約十八メートル）先の繁みの中に見覚えのある顔を見咎めた。黄色い出歯の弓足軽だ。得意の弓を使い、今も徳川勢を狙い射っている。

（あの野郎、まだやってやがる）

後先を考えずに駆け出した。

本人にその気はないのかも知れないが、なまじ前歯が突き出ているから、さも笑っているように見える。笑いながら人に矢を射込む——魔物の如き輩《やから》だ。

弓足軽も茂兵衛の突進に気づき、こちらに矢を向けてきた。

（糞が！）

茂兵衛は、己が頭から鉄笠をむしり取り、顔の前にかざして手持ちの盾となした。一応、腹と腰は胴と草摺で守られているが——。

（だ、大丈夫かな？）

以前、野場城で小頭の榊原左右吉《さかきばらそうきち》から弓矢の恐ろしさを、くどいほど聞かされたものだ。日本の矢は重くて長い。弓が長いので三尺三寸（約一メートル）以上もある長大な矢が普通に使える。当然、破壊力はもの凄く、近距離であれば甲冑をも貫くと教えられた。最大射程は二町（約二百十八メートル）、有効射程は二十間強（約四十メートル）——鉄砲と比べて、連射が格段に利くのが最大の強味である。ただ、熟練者でないと使えない扱いの難しい武器という短所のせいで、戦国の戦略兵器の座を鉄砲に譲り渡すことになったのだ。

茂兵衛は今、安物の鉄笠と具足を頼りに、おそらくは弓の熟練者であろう出歯足軽に突っ込んでいる。一瞬「無謀だったか？」と後悔の念が脳裏を過《よぎ》ったが、今さら後へは引けない。前進あるのみだ。

ガツン。

火花が散り、手に持った鉄笠が衝撃で跳ね飛ばされた。矢の直撃を受けたのだ。しかし、茂兵衛は無傷である。出歯足軽はもう目の前だ。次の矢をつがえようとしたが、わずかに茂兵衛の方が早かった。

「死ねッ」

と、振り下ろした刀がブンと空を切った。見事に目測を誤ったのだ。

ただ、相手は弓を放り出し、恐怖で顔を歪めている。空振りも虚仮脅《こけおど》しにはなったようだ。

そのまま出歯男に抱き着き、押し倒した。ここからは速さが勝負だ。即座に這い上がり、両膝で相手の二の腕を押さえ込んだ。馬乗りの体勢である。どうせ今から殺すのだ。骨が折れても構わないから、ギリギリと膝で腕を押し潰した。

「ギャーッ」

と、叫んだ頬を強《した》かに殴りつけ、黙らせた。

「やい、痛かろう！　今のは死んだ神部様の分だら。すぐに楽にしてやるら！」

喉に刀の切っ先を突きつけた。あとはそれを深くねじ込めばすべては終わる。

「た、たのむ。殺さねェでくれ！」

「あ？」

唐突な言葉だった。出歯足軽が始めたのは、明らかに命乞いだ。

「今さら、なにを抜かすか！」

「うらは猟師で弓が使えるさけ、朝倉の殿様に連れて来られただけやっちゃ」

「知るか！　おまん、何人殺した思うとる！」

「そら悪かった。謝るさけ。越前には嫁と幼い娘が三人おる。死にとうない」

（こいつ、なんなら！）

この男に目を射られて死んだ神部にも娘がいた。手を引いて父娘で仲良く歩いているのを、岡崎城下で幾度か見かけたことがある。あの娘の父親は、今さっき、この男が射殺したのだ。

「や、殺す！　おまんだけは見逃せん」

「か、堪忍してくれ！」

涙まで流している。ここまで諦めの悪い奴は初めてだ。

「往生せい！」

刀を逆手に持ち替えると同時に、男の喉を狙って振り下ろした。

「………」

男はまだ生きていた。

茂兵衛の刀は男の首筋をかすめ、地面に深々と三寸（約九センチ）以上も突き刺さっていた。刀を振り下ろす瞬間、脳裏に悲しげな綾女の顔が浮かび、思わず手許が狂ったのだ。

涙を流して命乞いをする、哀れな中年男を刺し殺す——いくら戦国の倣いとはいえ、そんな無慈悲な行為を、綾女が喜んでくれるとは到底思えなかった。

「おまん」

馬乗りになったまま、睨みつけた。

「へ、へい」

「おまんは今死んだ。もうおまんの近江での戦はしまいだら。弓と矢を捨て、今すぐこの場から、越前に帰ると神仏に誓え！」

「誓う。誓います」

「今後もし、この戦場で見かけたら、今度こそ殺すし、殺す前には両耳と鼻を削《そ》ぎ落とすぞ」

「へい」

茂兵衛が立ち上がると、男は跳び起きた。合掌して茂兵衛を拝みつつ、繁みの中に去ろうとした。

「おい、待てや」

「へい？」

「おまんの国の言葉で『あっぱ』とはなんだら？」

「あっぱは……く、糞の意味です」

「……行け」

男は「おうきんのぅ」と繰り返し、幾度か頭を下げた後、姿を消した。大事な弓と矢を置いていったところをみれば、本気で国に帰るつもりだろう。

六

「おう、これでえぇら。これで十分だら」

茂兵衛は、落ちていた槍を拾った。敵の物か味方の物か、持ち主は死んだのかさえ分からない。長さ一間半（約二・七メートル）ほど、赤漆がけの華美な持槍だ。やや細身で、茂兵衛の手には若干軽過ぎるが、穂先が長大な笹葉状なのが気に入った。笹穂なら親父の形見の槍と同じだし、幼いころから振り回して使い慣れている。

茂兵衛はその槍を担ぐと、平八郎隊に合流すべく、彼方に見える朝倉勢の本陣目指して駆け出した。

平八郎隊は健闘していた。

姉川北岸に散らばっていた徳川方の将兵が、鍾馗の幟を認めて続々と集まってきており、二百人近くにもなっている。しかし消耗も激しい。なにせ相手は大軍だ。味方は一人、また一人と倒れていく。

「お頭、後ろから敵がきよるが！」

「糞が、挟み撃ちか！」

朝倉方の一隊が、平八郎隊の背後に回り込み、尻に咬《か》みついてきたのである。寡兵が挟撃されるのは如何にもまずい。さしもの平八郎隊も浮き足立った。

そのとき、左翼の彼方で、さらなる鬨《とき》の声が湧き起こった。見れば五百ほどの軍勢が一丸となって突っ込んでくる。

「敵か？　味方か？」

もし新手の敵なら三方を囲まれることになり、平八郎隊は万事休す、瞬時に壊滅するだろう。

だが、一軍の先頭にはためく幟を見れば、大きく「無」の一文字が染め抜いてある。

「ありゃ、仲間だら」

「ほうだ、お味方よ」

と、平八郎隊から大歓声が上がった。

「無」といえば——旗本先手役の同役にして、平八郎の幼馴染でもある榊原康政の旗印だ。

狂暴な平八郎隊に手を焼いていたところへ、新手の榊原隊に突っ込まれ、右腹を深くえぐられた朝倉景健隊が一気に崩れた。陣を敷いていた三田村から算を乱して後退し始める。

「それ進め！　敵の本陣が崩れたぞ！　越前衆のケツに槍を突っ込んでやれ」

返り血で真っ赤に染まった平八郎が、先頭に立って追撃を開始した。

姉川南岸では、本陣が崩れるのを遠望した朝倉景紀隊、前波新八郎隊に動揺が走っていた。彼らは姉川を渡って敵陣深くに踏み込み、前がかりとなっている。その背後に徳川方が回り込んだのだ。退路を断たれる恐怖感に浮き足立ち、これも我先にと撤退を始めた。

それを見た家康がすかさず動いた。

「今ぞ者ども！　朝倉勢を姉川に突き落とせ！」

と、馬上で大きく采配を振ったのだ。

家康の本隊二千が、最後尾から怒濤《どとう》の進撃を開始、朝倉方の先鋒隊を駆逐し始めた。払暁の開戦以来、優勢を保ってきた朝倉勢は、前後に陣形が間延びし過ぎていたのである。一旦崩れたとなると、厚みがない分、踏ん張りがきかない。そこを戦上手の家康は突いたのだ。

朝倉勢が総崩れになったことを確信した家康は、後詰として待機させていた稲葉隊に、織田勢を押し込めている浅井勢の右翼を突くように命じた。

一方、こちらは龍ヶ鼻――織田方の本陣である。

必死の浅井勢の勇戦に、大苦戦中の織田勢であったが、三田村の朝倉が崩れ去った戦況は遠望できた。

織田方の士気は上がったが、それ以上に浅井勢の落胆が激しかった。なにせ早朝からわずか八千人で、三倍の織田勢を相手にしてきたのである。疲労困憊、もう気力だけで戦っていた。それが友軍の朝倉が崩れ去って――浅井方の諸将は尚も兵たちを激励鼓舞《げきれいこぶ》したが、もう気力も体力も限界はとうに越えていた。

ずるずると浅井勢が後退し始めた。

そこに、家康が差し向けた稲葉隊が突っ込んできたのだからたまらない。総崩れとなり、織田勢に蹴散らされた。

未《ひつじ》の下刻（午後二時ごろ）、浅井朝倉方が千七百、織田徳川方八百の戦死者を出し、姉川の戦いは終結を見た。

朝倉勢のうち、最後尾の朝倉景健隊が総崩れとなったので、前衛の二隊は戦場にうち捨てられる形となった。別けても第二陣の前波新八郎隊の被害は酷く、大将の新八郎自身が討死している。早朝から続く長時間の乱戦であったから、敵味方が広範囲に入り乱れており、大勢が決した後も、あちこちで凄惨な斬り合い、殺し合いが散発した。

徳川勢は一応の勝利を収めたものの、繁みや藪の陰には、朝倉の兵が数多《あまた》潜んでおり、油断をすると野太刀などを振りかぶり、襲いかかってきた。気を抜くことはできない。徳川の各隊は手分けをして、手間のかかる残党狩りをせざるを得なかった。

七

茂兵衛も数名の同僚足軽と組み、朝倉の残党を探索していたのだが、繁みの中をあちこちと走り回るうち、いつしか仲間とはぐれてしまった。今は一人、恐る恐る藪の中を進んでいる。どこに決死の朝倉兵が、野太刀を手に潜んでいるやも知れない。まるで手負いの熊か猪を狩りだす猟師の気分だ。

「ん？」

――妙な気配がした。背後からだ。獣に睨まれているような不気味な気配だ。

ドカン！

チュイーーーン。

鈍い爆発音が轟いたのと同時に、後方からの弾が耳元をかすめた。

反射的に首をすくめたが、次弾を装塡される前に逃げるか、殺すかせねばならない。躊躇《ちゅうちょ》なく茂兵衛は振り向き、銃声がした藪の中へと、突っ込んで行った。

十間（約十八メートル）先の深い草叢《くさむら》を逃げていく兜武者の背中が見える。

（野郎、逃がさねェ）

必死で追った。掛川城外で後ろから茂兵衛を撃ったのも多分コイツだ。根拠も証もないが、直感はそう告げていた。

兜に当世具足、小具足まで着用すると重さは四貫（約十五キロ）を超える。対して、茂兵衛ら足軽の装備は軽量だ。ましてや茂兵衛は、脚力に自信がある。彼我の距離は見る見る縮まった。

「こら、おまん、止まれ。逃げても無駄だら。尻の穴に槍突っ込むど」

と、背後から脅しをかけると、兜武者は藪の中で立ち止まり、振り返った。

輪貫の前立に桃形兜――やはり横山左馬之助である。

左馬之助は、長さ二尺（約六十センチ）ほどで、鉄砲としては短く、短筒にしては長い、見慣れぬ火縄銃を茂兵衛に向けて構えた。

肩で息をし、面頰の奥では両眼が異様に光っている。大戦《おおいくさ》の直後であることを勘案しても、およそ正気には見えない。

「横山様、御冗談が過ぎやしませんか？」

慎重に間合いを取りながら質《ただ》した。

「すまん。朝倉の残党と見間違えた。許せ」

「ほう、掛川城でも見間違えたわけかい？」

と、槍を構えて一歩踏み出した。

「寄るな！　撃つぞ！」

「次の弾を込めてる暇ァなかったはずだら。虚仮《こけ》脅しはよせ」

「試してみるか？」

「試すまでもねェ。撃てるもんなら、もう撃っとる……おまん、俺のこと殺したくてウズウズしてんだら？」

「…………」

左馬之助は鉄砲を捨て、打刀を抜いた。

槍を構える足軽と、刀を抜いた侍の勝負——既視感があった。五年前の野場城内、左馬之助の父親とやり合ったときと同じ組み合わせだ。因縁《いんねん》のようなものを感じざるを得ない。

「俺にはアンタとやりあう気も、理由もねェら。親父様のことは申し訳なかったが、なにせ戦場でのことだら。殺す殺されるはお互い様だがね」

「こら足軽……〝それがし〟は止めたのか、それがしは？」

「うるせェや！」

混ぜっ返されて癇癪を起こした。

「お前は、下郎だ！」

「足軽なら、下郎なら、なんだってんだら！」

あまりに不条理な物言いに、さすがに言い返した。

「武勇の誉れ高かった父上が足軽と一騎打ちをし、あろうことか首まで獲られた。しかも衆目の面前でじゃ。それが武家にとってどれほどの汚辱か、如何ほどの無念か下郎のお前には分かるまい」

「ほんじゃ訊くがな。俺が足軽でなきゃよかったんか？　侍だったら敵討ちはしねェのか？　許してくれるのか？」

「たァけ。お前は足軽だよ」

「聞いてくれ。今度、殿様が侍にしてくれるんだ。嘘は言わねェ。馬には乗れねェし、まだまだ下っ端だが、一応、俺も侍だよ」

「知らんわ！　父上を殺したときは足軽だァ！」

と、刀を振り上げ、突っ込んできた。

一歩跳び退き、穂先を突き出して威嚇《いかく》し、敵の足を止めた。刀との勝負の場合、手許に潜り込まれるのが一番危険だ。本来なら、下腹部を狙って突きを入れるのが常道だが、なにせ相手は味方で、茂兵衛より若く、しかも歴とした侍である。いきなり殺すわけにはいかない。殺すなら殺すだけの大義名分が必要だ。

茂兵衛は、徐々に柄を滑らせ、槍の中央部を握るようにした。つまり短く持ったわけだ。これだと前後の均衡がとれ、槍を旋回させやすい。石突で突くもよし、柄で足を払うもよし、多様な使い方ができる。その分、遠くに穂先は届かないが、今回の相手は刀である。槍と槍の勝負より間合いはうんと近い。

そのまま、しばらく睨み合った。

（この先も色々と面倒だし、誰も見てねェことだし、いっそこの場で殺《や》っちまうか？）

とも考えたが――左馬之助は、己が利益や欲のために茂兵衛を殺そうとしているわけではない。武門の名誉を守るため、父親の無念を晴らすために、こうして手強い相手に挑んでいるのだ。常軌を逸していると思うし、馬鹿な奴だとも思うが、一応は徳川の家来同士だ。さすがに「殺すのは忍びない」と考えを改めた。

（ほんじゃ、どうする？　遠慮してると、こちらがやられる）

茂兵衛の迷いを見透かしたように、また左馬之助が突っ込んできた。今度は刀で茂兵衛の槍先を叩いてから、一挙に間合いを詰めてきた。

茂兵衛が横に薙《な》いだ槍の柄が、左馬之助の兜を直撃し、奴はドウと草叢へと倒れ込んだ。

（しめた）

槍を旋回させ、起き上がろうとする左馬之助の面頬を石突で強か突いてやった。派手に仰向けに倒れた。無防備な下半身を茂兵衛にさらしている。

本来はここで勝負ありだ。

股座《またぐら》に槍を突き刺し、グイとえぐれば、すべては終わる――だが、もうすでに殺さないと決めている。

そこで、槍で上から叩くことにした。朱塗りの槍は細すぎて、打撃の威力が若干物足りなく感じるが、委細構わず叩き続けた。

左馬之助は左右に身をよじり、地面を転がって槍を避けようとする。茂兵衛からすれば、隙だらけだ。今一度槍を旋回させ、同時に踏み込んで間合いを一気に詰めた。穂先を面頬の隙間、目の辺りにぴたりと突きつけた。最前、姉川で神部が矢を射込まれたその場所だ。刺せば脳の奥まで穂先が通る。

「動くな！　勝負あった！」

茂兵衛が怒鳴った。

「こ、殺せ！」

「慌てるな、このたァけ！」

ここで少し、息を整えた。この若者を殺さないと決めたからには、今後は言葉での説得となる。興奮したままだと、ろくな問答にはならない。

「な、横山様……アンタ、いつも誤魔化してるから、一つだけ確かめさせてくれ。俺を恨んどるのは、御父上を殺したのが賤《いや》しい足軽だったからだな？　そうなんだな？」

「ああ、その通りよ！」

左馬之助はこの五年間「深溝の横山」と名乗る度に「ああ、足軽に討たれた軍兵衛殿の御子息か」と返されたものらしい。


「たまらんかったんじゃ！」

面頰の奥で、喉から絞り出すような叫び声がした。

（ま、そりゃ、つらかろうなァ）

同情が募り、思わず突きつけていた槍を引いた。

「……………」

左馬之助はジロリと茂兵衛を睨んだ後、体を起こし、草の上に胡座《あぐら》をかいた。垂を摑んで、忍緒《しのびお》を外し、面頰ごと兜を後方へと脱ぎ捨てた。輪貫の前立の兜は草の上にゴトリと落ち、少し転がった。

「初めはな……なぜ足軽風情に討たれた？　と、親父殿を恨んだものよ。だが、実の親を恨むというのは人の道に外れる。ならばまだ生きているお前を殺して、溜飲を下げ、親の恥を雪《そそ》ぐしかあるまいよ」

「ふん、そう簡単に殺されてたまるかい」

「もう少しだったんだ。あのとき、掛川であと一寸逸れとったら……」

やはり、こいつの仕業であったか——さてさて、これからどう始末をつけるべきか——茂兵衛はしばし考えた。

「な、横山様……たとえば、俺が出世したらどうだら？」

と、妙な言葉が口を衝いて出てしまった。

「はあ？　なんじゃそりゃ？」

左馬之助が茂兵衛を見上げ、ポカンと口を開いた。

「や、今までは戦でそこそこの褒美が貰えればエエぐらいに考えとったが、俺ァ出世するよ。倒した兜首もちゃんと獲る。千石取りなら文句あるめェ！　将来千石取りになる俺に倒されたんなら冥途の親父殿も、むしろ名誉だと思ってくれるはずだら。どうだ？」

千石取りといえば、およそ三百貫の領主である。現在の茂兵衛は年に三貫（約三十万円）の俸給を受ける身だ。ざっくり百倍——大風呂敷にもほどがある。

「お前が、千石になんぞなれるものか！」

腹の中で「俺は千石になれる」と言い返していた。

事実、掛川城外で髭《ひげ》達磨のような足軽からそう言われたのだから。

「十年待ってくれ。十年後に俺が千石の身分になれてなかったら、そのときは改めてアンタにこの首、やるから」

「そんな話を信じられるか！」

「俺ァ、嘘は言わねェら！」

「信じられん！」

「左馬之助、信じて生きろ！」

と、あらぬ方向から野太い声がかかった。茂兵衛と左馬之助は、驚いて同時にそちらを見た。

灌木の陰に、黒い大男が立っている――平八郎だ。

受けた大量の返り血があちこちに撥ね、どす黒く固まり、なんとも鬼気迫る姿だ。本物の錘馗も、今の平八郎を見れば逃げ出すだろう。

平八郎は、草叢からなにかを拾い上げた。鉄砲だ。最前、左馬之助が打ち捨てた火縄銃だ。

「ええ、道具じゃのう……馬上筒か？」

「はい。如何にも馬上筒にございます」

と、威儀を正して座りなおした左馬之助が答えた。

馬上筒――騎馬武者が携行し、馬上から放つ高価な鉄砲である。短銃よりは長いが、通常の火縄銃よりかなり短く、威力が弱い。その非力さを弾丸の大きさで代替させている武器だ。まさに、千重の見立て通りで、茂兵衛の背中に四匁《もんめ》弾を撃ち込んだのは、この馬上筒だったのだ。

草叢をザワと踏みわけ、鬼武者が前へと進み出た。一歩一歩と近づいてくる。巨大な仁王像が歩きだしたような印象だ。

「事情は聞いた。この茂兵衛が千石な……」

面頬の中から茂兵衛をチラと見た。目がニヤリと笑った。

「ま、左馬之助が信じられんと思う気持ちも分からんではない。どうだろうか、おまんらの喧嘩の始末、この本多平八郎に預けてはもらえんか？」

「と、申しますと？」

「十年経ってもまだ、茂兵衛が千石取りになれておらなんだら、そのときは、この平八郎がこやつの首を引っこ抜き、横山軍兵衛殿の墓前に供える。死んだ親父の墓にかけ、このことは誓う」

茂兵衛も左馬之助も呆気にとられて、或いは、毒気にあてられて、返事もできないでいた。

「な、左馬之助よ、そんなところでどうだら？　いったん、鉾《ほこ》を収めんか？」

と、馬上筒の銃床側を左馬之助に向け、差し出した。

しばし沈黙が流れた。

「お、お任せ致しまする」

――血気盛んの若武者、横山左馬之助は、己が鉄砲を受け取り、深々と頭を下げた。


平八郎や左馬之助と別れ、藪の中を歩いていると――

「兄ィ」

と、姿が見えなかった辰蔵と丑松が、茂兵衛の姿を認めて駆け寄ってきた。妙なものを抱えている。二人で当世具足一領を、嬉しそうに掲げてみせた。黒漆の桶側胴《おけがわどう》に、草摺は黒の板札に朱色の素懸縅《すがけおどし》が鮮やかに映えている。なかなかの一品だ。

「岡崎へ戻れば、茂兵衛は侍になるんら。侍が足軽の貸具足というわけにもいかんと思うてな」

鹵獲品《ろかくひん》らしき具足には、大量の血がベットリと付着していた。

「それ、おまんらで倒したのか？」

「まさか、朝倉方の首なし死体から剝《は》いできたのよ、ガハハハ」

「兄ィ、残念ながら兜はねェら。首と一緒に持って行かれたらしいわ」

「ほ、ほうか……」

辰蔵たちの気持ちはありがたかったが、首なしの骸《むくろ》から、二人が甲冑を剝がす酸鼻《さんび》な場面を想像し、茂兵衛は思わず唾を飲み込んだ。

「や、血は洗えば落ちるがね」

「ほら、袖も脛当ても剝がしてきたら」

「うん。ありがてェ……大事に使わせてもらうわ」

「へへ、そうこなくっちゃ」

随分凄惨な話のようだが、これが戦場での雑兵の振る舞いというものだ。このぐらいの役得がなければ、年に銭三貫やそこらで命をかけられるものではない。

陽が傾いたころ、三人で姉川を渡り、本陣へ向かった。なにせ勝ち戦である。本当は打ち身、擦り傷であちこち痛むのだが、そんなことは忘れて、三人で笑いながら愉快に川を渡っていた。

「お、槍だら」

と、辰蔵が指さした。

川の中に槍が一筋屹立《きつりつ》している。石突が見えるから穂先が川底に刺さっているのだろう。その石突には見覚えがあった。

「まさか、俺の……」

朝方、姉川を渡るときに失くした親父の形見の持槍に、よく似ている。

流れをかき分けて近づいてみると、果たして茂兵衛の槍に相違なかった。嬉しくてすぐに引き抜こうとしたが、なにかが引っ掛かっている。少し重くて、形状は丸い。

（おいおいおい、生首とかじゃねェだろうなァ）

不気味な物が上がってくるかも知れない。恐る恐る槍を引き抜いてみると、水中から一緒に上がってきたのは——赤漆掛けの桃形兜ではないか。兜の中に生首は入っていないようでホッとした。

「茂兵衛、よかったなァ。これで兜も揃ったら」

辰蔵が喜んでくれた。

茂兵衛には、親父の槍が兜を探してきてくれたように思えて、なんとも不思議な気がした。ま、黒胴に赤兜——ちぐはぐな印象で、鹵獲品の寄せ集めであることは見え見えだが、武具を揃える銭のない貧乏武者はゴマンといる。どうせ、足軽が徒武者に出世したというだけでも、あれこれ陰口を叩かれるのだ。世間の目など気にしていては、雑兵稼業は勤まらない。

要は、人より武勲を挙げることだ。それがすべてだ。兜首を幾つか挙げれば、どんな批評も黙らせることができる。

(ほうだら。今後はガツガツいくら。貪欲に出世を目指してやる)

左馬之助との約束は十年——茂兵衛は十年で、千石取りにのし上がらねばならないのだから。

終章　北方の虎に備える

近江から岡崎へと凱旋した家康には、休む暇がなかった。

家康の主敵は武田信玄である。大井川を挟んだ駿河はすでに武田領であり、北方の信濃も武田の勢力下にあった。北と東から、徳川領への侵攻を虎視眈々《こしたんたん》と狙っている。

武田領は甲斐、信濃、駿河を合わせて約百四十五万石ほどもあり、新領地遠江を合わせても約六十一万石にすぎない徳川の、倍以上の勢力があった。

件の計算式に当てはめると——武田は三万六千人の総動員力。対する徳川は一万五千人である。

さらに、甲州兵の強さは戦国最強とも言われており、力量の差は、石高や兵力動員数以上にあった。家康の恐れと不安は、決して杞憂《きゆう》ではなかったのである。

来るべき信玄との戦いに備え、家康は居城を、岡崎から曳馬城に移す決心をかためた。まさに常在戦場、指揮官先頭の心意気――対武田戦の最前線に身を置く覚悟を家中と天下に示した格好だ。

実は、天竜《てんりゅう》川東岸の磐田《いわた》に新城を築き「背水の陣を敷く」との過激な案もあったらしいが、さすがに家内から「危険すぎる」との異論が出た。結局、一か八かの背水の陣よりも、天竜川を天然の水濠とする、常識的な線に落ち着いたということだ。

しかし、曳馬城という名はいただけない。

「馬を退くに繫がる」と家康自身が故障を言い出したのだ。そこで、城の名を変えることにした。

――浜松《はままつ》城だ。

浜松とは、以前この地に実在した荘園の名称であったらしい。

家康の居城が変われば、当然、直属部隊である旗本先手役の駐屯地も変わる。

晴れて徒侍《かちざむらい》となった茂兵衛は、旗本先手役麾下の足軽小頭として、十名の足軽を率いることになった。辰蔵が筆頭足軽として茂兵衛を補佐する。勿論、丑松も茂兵衛組の一員だ。

侍が足軽長屋に住まうことは許されない。茂兵衛は長屋を出され、浜松城内に小さな一軒家を与えられた。歳も二十四歳になる。身分もかたまり、家も貰ったことだし、ここいらで妻《めと》を娶り、身を固めるのも悪くないだろう。

相手は——綾女しかいない。

彼女は、浜松城下に設《もう》けられた故田鶴姫の供養塔——通称「椿《つばき》塚」の塚守として暮らしていた。

姉川で鳴いていた夏蟬に替わり、今や寒蟬《かんせん》が鳴き交わしている。夏も終わりだ。

茂兵衛は、城下の市で新調した小袖に袴をつけ、いそいそと椿塚に綾女を訪ねた。

しゃがんで椿の剪定《せんてい》をしていた綾女は、茂兵衛の姿を認めると静かに立って小腰を屈め、深々と頭を下げた。

「俺も一応、侍になれたし……どうかな、俺のとこに嫁に来てはくれねェか」

綾女の父は、旧曳馬城主飯尾連龍の重臣だった。

戦となれば、一隊を率い、馬に跨って出陣する身分だ。その上士の娘と、十日前までは足軽で、その前は百姓だった茂兵衛とが、身分的に釣り合うとは思えない。今や主家は滅び、地侍に嫁《か》した姉が頼りの綾女だが、やはりそこはそれ、茂兵衛の側に気後れはあった。

「でも、塚守のお役目がございますから」

「や、塚守は続けたらええら。そら先のことまでは請け合えんが、元の主の菩提《ぼだい》を弔《とむら》うのは人として当然のことだがね」

綾女はうつむき、しばらく無言でいたが、やがて顔を上げ、茂兵衛の目を真っすぐに見据えた。

「一つ申し上げておかねばなりません」

ここで急に瞬きの回数が増えた。綾女の視線が宙を泳ぐ。彼女は自らを勇気付けるようにゆっくりと息を吐き、言葉を続けた。

「私、茂兵衛様の妻にはなれませせぬ」

「……………」

二つの声が茂兵衛の中で交錯していた。一つは「この女の命は自分が救った。この女は自分に好意を持っている」との慢心の声。いま一つは、幾ら手紙を出しても返事一つ貰えなかったのだから、元々その気はなかったのだ」との諦めと自嘲の声だ。

「貴方様は三河衆です。私の主家を滅ぼし、城を落とした憎き仇《にっく》です。私は三河衆の妻にはなれません」

「や、でも……すでに遠州の人は、武士も庶民も徳川に……」

「徳川様に弓引くつもりはございません。でも、私の心の内には、お優しかった田鶴姫様の面影が今も宿っております。おそらく、一生消えることはない。姉の家で貴方様と再会して一年余り、私なりに考え続け、下した了見にございます」

そう言って、女は首を垂れた。ふたたび顔を上げたとき、女の目尻から一筋の涙がこぼれて落ちた。

どうやら茂兵衛、二十四歳での初恋は、盛大な失恋に終わったようである。

「な、茂兵衛」

「よお、兄ィ、聞いとくれ」

朝から辰蔵と丑松がくっついて離れない。

「う、うるさいがね」

鍾馗の幟を丁寧に畳みながら、遂に癇癪を起こした茂兵衛が、二人を睨みつけた。綾女のことがあって以来、茂兵衛の表情からは生気が失《う》せていた。大きな声を出したのも、久しぶりのことである。

「おう、ちったァ元気になったら」

「よ、よかったァ」

「たァけ。やかましいわい」

平八郎は、敵弾の抜けた穴が無数にある古い旗印を退役させ、立派な鍾馗の幟を新調した。その新しい四半旗は、茂兵衛の後釜として旗指足軽に抜擢された下《しも》田金吾《だきんご》という大男が掲げることになる。茂兵衛は平八郎に無心して、退役する古い幟を貰い受けたのだ。この鍾馗を眺めると、戦場での様々な場面が蘇る。丑松が苦労して、穴がほつれぬよう丁寧にかがった上で、洗い張りまでしてくれた。持つべきものはよき弟である。

「おまん、十年で千石取りになると左馬之助に約束したんだら？　綾女殿のことは残念だったが、どのみち奥方は貰うら。銭が要るど。俺もおまんに出世して貰わんと困るがね」

と、辰蔵は茂兵衛に改めて出世欲を持つこと、兜武者を討ち取ったら必ず首級を持ち帰ることを改めて迫った。

「分かったよ。次からは、必ず首は持ち帰るら」

「本当だな？」

「ああ、嘘はゆわん」

「アハハ、兄ィは嘘はゆわんが、時々、都合よく忘れよるがね」

「丑、おまん、黙っとれ！」

本当に大丈夫だ。すでに茂兵衛も覚悟を決めている。横山家と横山軍兵衛の名誉のため、辰蔵の出世のため、さらには少々抜けている弟の面倒も見ねばならない。つまり、茂兵衛の双肩には様々な人の人生が懸かっている。

自分は出世をせねばならない——それが武士の定めだ。

軽輩ながらも正真正銘の侍となった植田茂兵衛、失恋の傷も徐々に癒え、武田信玄との決戦に向けて静かに一槍《いっそう》を磨いていた。

本作品は、書き下ろしです。

双葉文庫

い-56-02

三河雑兵心得《みかわぞうひょうこころえ》
旗指足軽仁義《はたさしあしがるじんぎ》

2020年4月19日　第1刷発行
2021年12月14日　第12刷発行

【著者】
井原忠政《いはらただまさ》

【発行者】
箕浦克史
【発行所】
株式会社双葉社
〒162-8540 東京都新宿区東五軒町3番28号
［電話］03-5261-4818(営業部)　03-5261-4833(編集部)
www.futabasha.co.jp(双葉社の書籍・コミックが買えます)
【印刷所】
中央精版印刷株式会社
【製本所】
中央精版印刷株式会社

【フォーマット・デザイン】
日下潤一

ISBN978-4-575-66999-2 C0193
Printed in Japan

朝井まかて　残り者

長編時代小説

大奥、最後のとき。なにゆえ五人の女中は、御殿にとどまったのか⁉ 激動の幕末を生きぬいた女たちの物語。

池波正太郎　元禄一刀流

時代小説短編集
〈初文庫化〉

相戦うことになった道場仲間、一学と孫太夫の運命を描く表題作など、文庫未収録作品七編を収録。細谷正充編。

池波正太郎　熊田十兵衛の仇討ち人情編

時代小説短編集

将来を誓い合い、契りを結んだ男は死んだ夫の仇だった？ 女心の機微を描いた『熊五郎の顔』など五編の傑作短編時代小説を収録。

池波正太郎　熊田十兵衛の仇討ち本懐編

時代小説短編集

仇討ちの旅に出た熊田十兵衛だが、宿願を果たせぬまま眼を病んでしまう……。表題作ほか珠玉の短編時代小説を六編収録。

岡田秀文　本能寺六夜物語

長編歴史時代
ミステリー

いまなお深い謎に包まれる「本能寺の変」の真相を解き明かす歴史ミステリー。話題のベストセラー『太閤暗殺』を凌駕する驚きの結末！

岡田秀文　賤ヶ嶽《しずがたけ》

長編歴史小説

信長の後継者は誰か？ 光秀を討ち清須会議で勝利した秀吉と、筆頭家老にして実力者・勝家の、天下を分けた大合戦。

岡田秀文　信長の影

歴史短編連作集

「信長とは何者ぞ？」これまで多くの作家が描いた織田信長の実像を、新手法であぶり出す。切れ味鋭い短編揃いの意欲作。

岡田秀文　関ヶ原
長編歴史小説
天下分け目の戦として世に名高い関ヶ原の合戦を、寧々の視点を交えて描いた意欲作。「新しい関ヶ原」の誕生！

岡田秀文　足利兄弟
長編歴史小説
室町幕府を興した足利尊氏。絶大なカリスマ性を誇る巨人には聡明な弟がいた。乱世を駆け抜けた兄弟の絆と軋轢を描く歴史巨編。

海道龍一朗　加藤段蔵無頼伝Ⅰ　悪忍《あくにん》〈新装版〉
長編戦国
ピカレスク・ロマン
乱世を駆け抜けた伝説の忍者がいた！　その名は加藤段蔵。伊賀・甲賀を挑発し、加賀一向衆の首領を罠にかけ、上杉謙信を誑かす。

海道龍一朗　加藤段蔵無頼伝Ⅱ　修羅〈上・下〉
長編戦国
ピカレスク・ロマン
武田晴信と長尾景虎が対峙した川中島の戦い。その陰で悪名高い一人の漢が暗躍していた。伝説の忍者加藤段蔵を描く痛快シリーズ第2弾！

経《きょう》塚《づか》丸《まる》雄《お》　わんわん武士道　猛犬、江戸に跳ぶ
長編時代小説
〈書き下ろし〉
将軍に献上された巨大犬を飼い馴らす、というお役目についた小笠原官兵衛は、暴れ犬をしつけようと悪戦苦闘する。新シリーズ始動！

経《きょう》塚《づか》丸《まる》雄《お》　わんわん武士道　猛犬、月に吼える
長編時代小説
〈書き下ろし〉
公方様にも吼えかかる無礼犬を手懐けた小笠原官兵衛。幕閣の覚えがめでたくなるが、将軍家の世継ぎをめぐる争いに巻き込まれてしまう。

経《きょう》塚《づか》丸《まる》雄《お》　わんわん武士道　猛犬、恋に落ちる
長編時代小説
〈書き下ろし〉
仁王丸の許に花嫁候補がやってきた。だが花婿はすっかり嫌われてしまう。官兵衛は二匹の恋を実らせようと御犬番の誇りを懸け奮闘する！

坂岡真
照れ降れ長屋風聞帖
大江戸人情小太刀
長編時代小説〈書き下ろし〉

江戸堀江町、通称「照れ降れ町」の長屋に住む浪人、浅間三左衛門。疾風一閃、富田流小太刀の妙技が人の情けを救う。シリーズ第一弾。

千野隆司
おれは一万石
長編時代小説〈書き下ろし〉

一俵でも石高が減れば旗本に格下げになる、ぎりぎり一万石の大名、下総高岡藩井上家に婿入りした十七歳の若者、竹腰正紀の奮闘記！

鳥羽亮
華町源九郎江戸暦
はぐれ長屋の用心棒
長編時代小説〈書き下ろし〉

気侭な長屋暮らしに降ってわいた五千石のお家騒動。鏡新明智流の遣い手ながら、老いを感じ始めた中年武士の矜持を描く。シリーズ第一弾。

鳥羽亮
はぐれ長屋の用心棒
居合の女
長編時代小説〈書き下ろし〉

管井紋太夫に、女剣士が弟子入りを志願してきた。惨殺された父親の無念を晴らそうとする娘のために、はぐれ長屋の住人が奔走する。

葉室麟
川あかり
長編時代小説

藩で一番の臆病者と言われる男が、刺客を命じられた！　武士として生きることの覚悟と矜持が胸を打つ、直木賞作家の痛快娯楽作。

葉室麟
螢草《ほたるぐさ》
時代エンターテインメント

切腹した父の無念を晴らすという悲願を胸に、出自を隠し女中となった菜々。だが、奉公先の風早家に卑劣な罠が仕掛けられる。

葉室麟
峠しぐれ
時代小説

峠の茶店を営む寡黙な夫婦。ある年の夏、二人を討つため屈強な七人組の侍が訪ねてきた。二人の過去になにが。話は十五年前の夏に遡る。